CLAUDIA HERNÁNDEZ nació en San Salvador, 1975. Es maestra escolar. Ha publicado los libros de cuentos De fronteras, Otras ciudades, Olvida uno *y* La canción del mar. *Recibió el premio que la Fundación Anna Seghers otorga a autores que con su producción artística construyen una sociedad más justa.* They Have Fired Her Again *es su primer libro bilingüe.*

AARÓN LACAYO es el traductor de Art Cards/Fichas de arte, *publicado por Sangría (Santiago de Chile, 2013). Ha escrito sobre traducción, poesía y estudios en revistas tales como* Comparative Literature Studies, Carte Italiane *y* La Fusta. *Es candidato a Doctor en el Departamento de Español y Portugués de Rutgers University.*

CLAUDIA HERNÁNDEZ was born in San Salvador, in 1975, and currently works as a school teacher. She has published the short stories collections *De fronteras, Otras ciudades, Olvida uno,* and *La canción del mar*. Her work was recognized with the Anna Seghers Prize for outstanding contribution to a more equaliltarian society. *They Have Fired Her Again* is her first bilingual book.

AARÓN LACAYO is the translator of Gordon Matta-Clark's *Art Cards / Fichas de arte*, published by Sangría (Santiago de Chile, 2013). He has written about translation, poetry and cinema in journals such as *Comparative Literature Studies, Carte Italiane,* and *La Fusta*. He is a PhD candidate in the Spanish & Portuguese Department at Rutgers University.

LEGIBILITIES 4
FICTION / NARRATIVA

Claudia Hernández

THEY HAVE
FIRED HER AGAIN

bilingual edition / edición bilingüe
translated by Aarón Lacayo

SANGRÍA

© Claudia Hernández
ISBN: 978-956-8681-45-6
Original title: «La han despedido de nuevo» (published as a
part of *Olvida uno*, San Salvador: Índole, 2005)

© Translation and Translator's Note, Aarón Lacayo

© 2016, Sangría Legibilities Inc
1443 Dean Street, Apartment 2
Brooklyn, NY 11213, USA
info@sangriaeditora.com / www.sangriaeditora.com

Sangría Legibilities aims to create new models to issue discourses, texts, and literatures that are alive in the United States. By consolidating multilingualism in literature and other socially relevant texts and media, we offer a commitment to cultural openness, and we extend a social contract from the emergent languages of the Americas to the mainstream communities in the United States.

Edited by Mónica Ríos, Carlos Labbé, Carolina Alonso Bejarano,
        and Peter Quach.
Layout design: Carlos Labbé.
Cover drawing and design: Peter Quach

Printed in the United States of America.

CONTENTS

La han despedido de nuevo. Su voz en mi contestadora me ruega que no le devuelva la llamada hoy: no estará en casa a la hora de siempre. Es probable que me llame mañana. O el miércoles. Suena feliz. Debió haber estado sonriendo. Lo estaba. Lo supuse. ¿Me reí? No, pero se te ahogaban las palabras como cuando estás alegre. ¿Conseguiste un mejor empleo? Aún no. Ni siquiera lo ha buscado. No está de ánimo para eso. Es primavera. Desde ayer. Los cerezos florecerán dentro de poco. ¿Y ellos pagarán tu renta y tu comida? No. Claro que no. Las pagará ella. Aún tiene algo de dinero. No mucho, supongo. ¿Necesitás? Puedo enviarte un poco si No hace falta. Me lo jura. Suena feliz. ¿Hay razón para eso? ¿Dormiste con alguien anoche? Quizá. No recuerda. Pero, en todo caso, no está feliz por eso, sino porque acaba de estar con el lobo que vio de reojo una semana antes mientras esperaba el autobús que la acerca al trabajo ese que tiene de limpiar para la pascua el apartamento de una judía ortodoxa, un lobo de

They have fired her again. Her voice on my answering machine begs me not to call her back today—she won't be home at the usual time. It's likely he'll call me tomorrow. Or Wednesday. She sounds happy. She must've been smiling. She was. I thought so. Did I laugh? No, but you were swallowing your words like when you're happy. Did you find a better job? Not yet. She hasn't even looked for one. She's not in the mood for that. It's spring. Since yesterday. The cherry trees will soon bloom. And will they pay for your room and board? No. Of course not. She'll pay for it. She still has some money left. Not much, I suppose. Do you need some? I can send you some if No, it's fine. She swears. She sounds happy. Is there a reason for it? Did you sleep with someone last night? Maybe. She doesn't remember. But, in any case, she's not happy about that, but because she's just been with the wolf she saw out of the corner of her eye a week before while she waited for the bus that takes her close to her job, the one of cleaning a Jewish Orthodox lady's

piedra y del tamaño de un automóvil que, durante
la lluvia, se paseaba sobre los tejados de los edificios
de la acera del frente, la llamaba por un nombre
que no era el suyo y la invitaba —en español— a
jugar. La pasarían muy bien, solo tenía que cruzar la acera. Era cuestión de unos cuántos pasos.
Diez a lo sumo. Ven, Nuna. Pero ella respondió que
no. Apenas lo susurró. No podía. Quería, sí, pero
iba retrasada y, si aceptaba su invitación, no llega-
ría a tiempo al trabajo en el que suele presentarse
siempre antes de la hora convenida. Ya tiene acos-
tumbrada a la judía aunque no lleva mucho tiempo con ella —unas cuántas semanas apenas. Debe
estar desesperada. De seguro ya hasta telefoneó
a su casa para averiguar qué sucede y le habrán
dicho que salió a la misma hora de siempre, que
a lo mejor la lluvia la ha retrasado. Debe ser eso.
De todas maneras, quería salir de dudas, no fuera
a ser que ella —como acostumbran las de su barrio— hubiera encontrado otro trabajo y decidido
no llamar para informarme que no se presentaba
más. En ese caso, tendría que llamar a una agencia —quizás a la misma que me la envió a ella—
para que me consigan con urgencia a otra chica, a
una con experiencia en atender judíos porque esta
noche tengo invitados y todo debe estar listo para
recibirlos. Ella lo sabe. Eso y que no le gusta que

apartment for Passover, a wolf of stone and the size of a car, that during the rain would pace over the roof tiles of the buildings of the sidewalk across the street, he'd call her by a name that wasn't hers and would invite her—in Spanish—to play. They'd have a good time. She'd only have to cross the sidewalk. It was only a matter of a few steps. Ten max. Come, Nuna. But she'd answer no. She barely whispered it. She couldn't. She wanted to, yes, but she was late and, if she accepted his invitation, she wouldn't get to her job on time where she tends to show up always ahead of time. She's already gotten the Jewish lady used to it although she hasn't been with her long—just a few weeks. She must be desperate. She must've for sure already phoned her house to find out what's going on and they must've told her they don't know, that she left at the same time as always, that most likely the rain has held her up. It must be that. In any case, she wanted to put her mind at rest, what if she—as the ones from her neighborhood tend to do—had found another job and decided not to call to let me know she wouldn't show up anymore. In that case, I'd have to call an agency—maybe the same one that sent her to me—so they could find me another girl quickly, someone with experience working for Jews because I have guests over tonight and everything should be ready to host them. She knows that. That and how she

11

llegue tarde. Le paga por horas de sesenta minutos trabajados. La hace reponer el tiempo que se toma para el almuerzo y le descuenta si llega tarde o si se marcha un poco antes. Si acepta acompañarlo, perderá mucho tiempo y no puede darse el lujo de que la judía le reste porque la fecha de pagar la renta se acerca y aún no tiene completa la cantidad que le corresponde. Pero tal vez podrían verse el sábado: los judíos descansan y no tiene que presentarse a trabajar. ¿Sería posible? Pero no pudo esperar a que él respondiera porque el autobús había llegado y estaba por cerrar la puerta, de modo que subió tan pronto como pudo y ya no le fue posible siquiera ver si le contestaba con señales porque el ruso que iba sentado al lado de la ventana le tapaba la vista del lado izquierdo.

Por la noche, me llamó. Cada vez que algo la emociona, marca mi número. De lo contrario, ni me llama ni corresponde mis mensajes. Dice que no los recibe. Su tía, sin embargo, me asegura que los apunta siempre en paginitas adhesivas de color verde, los coloca en el espejo que tiene frente a su cama y le pregunta al día siguiente si devolvió las llamadas. Sí. Ayer, en cuanto vine. Responde siempre lo mismo. La tía ya no sabe qué creer. Se disculpa conmigo.

doesn't like me coming late. She pays her by the hour, for every sixty minutes she works. She has her make up the time she takes off for lunch and docks money off if she comes in late or if she leaves a few minutes early. If she agrees to going out with him, she'll waste a lot of time and she can't afford having the Jewish lady deduct her wages because it'll be time to pay the rent soon and she still has to come up with her full share. But maybe they could see each other Saturday—the Jews rest and she doesn't have to show up for work. They don't want her there on that day. Would it be possible? But she couldn't wait for him to answer because the bus had arrived and the door was about to close, so she got on the bus as fast as she could, and could no longer see if he replied at least with gestures because the Russian guy who was sitting at the window was blocking her view from the left side.

She called me at night. Whenever she gets excited about something, she dials my number. Otherwise, she doesn't call or answer my messages. She says that she doesn't get them. Her aunt, however, assures me that she always writes them down on green sticky notes, places them on the mirror she has in front of her bed and asks her the next day if she got around to them. Yes. As as soon as I came back yesterday. She always responds the same way. Her aunt doesn't know what to

Me pide que la llame antes de que se vaya al traba-
jo. Cada semana es uno diferente. Sus horarios va-
rían mucho. Casi no la mira. No sabe por qué no se
queda en un solo sitio, como ella, que trabajó diez
años en la misma casa. En términos prácticos, crió
a los niños de la familia. Llegó a pensar que enve-
jecería con ellos, pero en eso consiguió legalizar su
situación y se fue a otro trabajo. Ya con papeles es
otra cosa: se consiguen mejores empleos y se gana
más dinero. Además están las prestaciones. Ella
trabaja para una compañía ahora. Limpia casas de
ancianos, aunque limpiar es un decir: solo sacude
un poco los lugares que suponen riesgo para ellos y
se encarga de lavar sus ropas en las máquinas que
la gerencia del edificio ha dispuesto en el tercer
piso. El resto de tiempo, se sienta a conversar o a
ver televisión con ellos. Más que por limpiar, le pa-
gan por hacerles compañía y por vigilar que tomen
sus medicamentos. Home assistance se le llama a
eso. Suena sencillo, pero requiere preparación: reci-
ben cursos de primeros auxilios y no sé qué otros
asuntos más relativos al cuido de los ancianitos an-
tes de que las envíen a alguna casa. También las
examinan con frecuencia. No es algo del otro mun-
do. Lourdes podría pasar esas pruebas sin dificul-
tad, pero no tiene papeles. No la aceptan sin ellos
en la compañía. En el diner donde trabaja su hija,

believe in anymore. She apologizes to me. She asks that I call her before she leaves for work. It's a new one every week. Her shifts vary widely. She rarely sees her. She doesn't know why she doesn't stay in one spot, like her, who worked in the same house for ten years. She practically raised the family's children. She began to think she'd grow old with them, but then she managed to legalize her status and she got another job. It's a totally different thing having a green card—you get better jobs and you earn more money. And there's also the benefits. She works for a company now. She cleans nursing homes, although she doesn't do much cleaning—she just dusts the places that pose a danger for them and she takes care of washing their clothes in the machines that the management has placed on the third floor. The rest of the time she sits down to chat or watch TV with them. They pay her not so much for cleaning but to keep them company and to make sure they take their medicine. Home assistance, it's called. It sounds easy enough, but you need prior experience— you take courses in first-aid and I don't know what other things having to do with taking care of sweet old people before sending them to any nursing home They also check up on them frequently. It's not rocket science. Lourdes could pass those tests easily, but she's undocumented. The agency can't accept her without it. There's no problem, however, in the diner

en cambio, no hay problemas. Ahí le dan empleo a muchísimos ilegales, no solo a salvadoreños. Lo sé. Lourdes me lo contó. Su prima la llevó al tercer día de haber llegado: necesitaban una cajera con urgencia y aceptaron su propuesta de darle una oportunidad. Habían pensado en una de esas estudiantes que buscaban empleos de media jornada y les dejaban anotados sus números de teléfono cuando comían ahí o andaban por el vecindario, pero su prima rogó tanto que accedieron pese a que insistían en que no les servía el que hubiera estudiado un par de semestres en una universidad en El Salvador. Todo porque no habla inglés. Pero aprenderá rápido, es muy lista. Yo le enseñaré a saludar, a dar las gracias, las buenas noches y todas esas frasecitas que necesitan las cajeras. Es lo único que le falta; lo que tiene que ver con el dinero ya lo sabe. Funcionará bien, verás. Además, puedes asignarle el horario de dos a ocho de la mañana. Te conviene: Migración jamás llega a los diners y menos a esa hora. No tendrás que angustiarte como te tocaría si entrás a la fábrica que mi mamá te propone. Tampoco trabajarás tanto. A esa hora, el movimiento es mínimo, excepto los fines de semana, que se llena de los que salen de las discotecas. Pero eso es solo un par de días a la semana. Y, en todo caso, no se hace más que cobrar, dar los cambios y sonreír de cuando en cuando. Pero no mucho porque los clientes

16

where her daughter works. They hire many illegals there, not just Salvadoreans. I know. Lourdes told me. After being here for three days, she went to the diner with her cousin—they needed a cashier quickly and agreed to give her a chance like she asked. They had thought about one of those female students looking for part-time gigs and who would jot down their phone numbers when they'd eat there or when they were walking around the neighborhood, but her cousin begged so much that they agreed to it even though they kept saying that it didn't matter her having studied a couple of semesters at a university in El Salvador. All because she does't speak English. But she'll learn fast, she's very smart. I'll teach her to greet, to say thank you, good night and all those little phrases that cashiers need; it's the only thing she's missing because everything that's got to do with money, she already knows. It'll work out fine, you'll see. Besides, you can give her the 2 to 8 AM shift. It'll suit you—the INS never shows up at the diners and much less at that time. You won't have to worry the way you'd have to if you went to the factory my mom suggests. You won't work a lot either. It's slow at that time of day, except on weekends, when it gets packed with people coming out of the clubs. But that's only a couple of days a week. And in any case, all you have to do is handle the bill, give out the change, and smile every now and then. But not too much because the customers get the wrong

malinterpretan, piensan que una está coqueteando y quiere algo con ellos. Entonces te piden tu número de teléfono o te invitan a salir, o te ofrecen llevarte a casa. Todo para acostarse con vos una o dos veces. Tres a lo sumo, depende de cómo sos. Pero hay que tener cuidado: los jefes pueden despedirte si se enteran de que sales con los clientes, así que, si vas a hacerlo, que no se den cuenta ni ellos ni los meseros, que les reportan todo. Nunca le des a un cliente algo anotado. Si querés tener que ver con ellos, pediles que te apunten sus números y luego vos los llamás para ponerse de acuerdo. Ya sabrás hasta dónde llegar. Acá no es como allá, nadie te va a decir nada, excepto mi mamá, por supuesto, que desconfía de todos los hombres que viven en este país, en especial si son mexicanos. No le gustan. A mí tampoco. Te recomiendo que no les hagás caso si se te acercan. Sean meseros, ayudantes o cocineros, no valen la pena. Son todos iguales. Conviene tenerlos lejos, así que, cuando se acerquen a saludarte —porque se van a acercar—, no les des demasiada confianza. Es mejor que te tengan por seria; caso contrario, no vas a poder sacudírtelos. Ahora que, si les gustás —y a esos les gustan casi todas—, insisten hasta que lo logran o hasta que se cansan. Son siempre así. ¿Hasta con vos? No cree. Su prima le sonríe a todo el mundo; ella, no. Los empleados

idea, they think you're flirting and interested in them. So they ask for your phone number or they ask you out, or they offer you a ride home. Just so they can sleep with you once or twice. Three times tops, depends how you handle it. But you gotta be careful—the bosses can fire you if they find out you're going out with the customers, so, if you're gonna do it, don't let them or the waiters find out; they report everything. Never give a customer something written. If you wanna have something with them, ask 'em to write down their numbers and you'll call 'em later to make plans. You'll know how far to go. Here's not like over there. No one's gonna tell you anything, except my mom, of course, who doesn't trust any of the men who live in this country, especially if they're Mexican. She doesn't like them. I don't either. I suggest you don't pay them any attention if they approach you. Whether they be waiters, busboys, or cooks, it's not worth it. They're all the same. It's better to keep them at a distance, so that when they approach you to say hi—because they'll approach you—, don't trust them too much. It's better they think you're the serious type; otherwise, you won't be able to get rid of them. On the other hand, if you're their type—and almost everyone's their type—they won't stop until they get what they want or until they get tired of you. They're always like that. Even with you? She doesn't buy it. Her cousin smiles at everyone; not her. The employees

no hallaban cómo hablarle. Pasaron al menos ocho días antes de que uno de los cocineros le ofreciera llevarla a casa. Por supuesto, lo rechazó, no porque creyera que quería algo con ella, sino porque no tenía ganas de estar acompañada. Tomé el metro y me fui a una playa llamada Coney Island. La chica a quien relevo en la caja me dijo que me ayudaría a sentirme mejor. Ella solía hacerlo cuando tenía asignado mi turno, aunque no ahí, sino en Rockaway. Jamás pondría un pie en Coney Island: es una playa muy peligrosa. Sí, pero es la que me queda cerca. Llegar a Rockaway toma demasiado tiempo; Coney Island, en cambio, está a solo unas cuántas estaciones. Voy y vengo con facilidad. Me quedo sólo un rato: la playa no tiene mayor gracia: las olas son débiles y no hay peñascos. Se sienta durante una hora y, cuando comienzan a llegar los negros, se marcha a casa. Su tía le ha rogado que se cuide de estar donde haya muchos de ellos, así que no cuenta que va ahí. Responde con evasivas cuando le preguntan que adónde se mete cuando sale del trabajo. La prima está segura de que está viéndose con alguno de su turno y quiere saber con cuál. Espera que no sea con Mohamed, aunque entendería que no hubiera podido resistírsele: todas las cajeras terminan durmiendo con él. No sé por qué. Es atractivo, pero no es mi tipo. Nadie en ese lugar lo es. Ella es muy exigente. Jamás conseguirá novio si se

couldn't figure how to talk to her. At least eight days went by before one of the cooks offered to take her home. She refused, of course, not because she thought he'd want something with her, but because she didn't feel like having company. I took the subway and went to a beach called Coney Island. The girl with the shift before me told me that it would help me feel better. She used to do it when she had my shift, but not there, at Rockaway. Never set foot in Coney Island—it's a very dangerous beach. Yes, but that's the one closest to me. It takes too long to get to Rockaway; Coney Island, on the other hand, is only a few stops away. I come and go easily. I stay only for a while—the beach doesn't have much going for it. The waves are weak and there aren't any cliffs. She sits for an hour and, when black people begin to show up, she goes home. Her aunt begs her to be careful of being around too many of them, so she doesn't tell her she goes there. She comes up with excuses when they ask her where she goes when she gets off of work. Her cousin's sure she's seeing someone from her shift and wants to know who it is. She hopes it's not Mohamed, although she'd understand that there was no way she could've possibly resisted him—all the cashiers end up sleeping with him. I don't know why. He's attractive, but he's not my type. Nobody from that place is. She's very picky. She'll never get a boyfriend if she plays hard to

hace la difícil. Debería al menos darse la oportunidad de conocerlos. Estoy segura de que los gringos te encantarían. Pero, claro, ella no habla inglés, no puede saberlo. Tendrá que inscribirse en una escuela. En la que estudia mi mamá. Ahí también estudié yo cuando vine. Es buena. Iremos mañana mismo. Podés iniciar el curso de inmediato. Sheldon —que me dio clases— te dejará entrar en su clase. Es amigo mío. Si no fuera por eso, te tocaría como a los demás: anotarte en una lista y esperar a que te llamen o te envíen una carta de invitación. Tenés suerte. Las clases inician a las 8:30, te da tiempo para llegar después de tu turno en el restaurante. El mismo bus que te trae acá te deja justo frente a la escuela. Pasa a las 8:03 por la esquina del diner. Tenés que estar en la parada a la hora. Decile a tu manager para que no te retrase. Bueno, se lo digo yo. Es buena gente, no se negará. Además, tu relevo llega temprano siempre. Les gustará saber que vas a la escuela. En cuanto hablés el idioma, te darán mejores oportunidades. Así fue con Samah. Cuando llegó de Siria no hablaba ni una palabra en inglés. No podían siquiera asignarle la caja porque nunca había trabajado con dinero, pero era muy bonita, así que la tomaron como hostess en el peor de los horarios para entrenarla. El mesero que la trajo le explicó en su idioma cómo tenía que recibir

get. She should at least give herself the chance to get to know them. I'm sure you'd love the gringos. But she wouldn't know, of course, she doesn't speak English. She'll have to enroll in a school. Where my mom studies. I also studied there when I first got here. It's good. We'll go tomorrow, for sure. You can start the course immediately. Sheldon—who taught me— will let you take his course. He's a friend of mine. If it weren't for that, you'd have to do like everyone else—put your name on a sign-up list and wait until they call you or they mail you an invitation letter. You're lucky. Classes start at 8:30, you'll have time to get there after your shift in the restaurant. The same bus that brings you here leaves you right in front of the school. It passes by at 8:03 near the corner of the diner. You'll have to be at the stop right on time. Tell your manager so he doesn't keep you late. Alright, I'll tell him. He's a good guy, he won't say no. Besides, your replacement always gets in early. They'll be happy to hear that you're going to school. As soon as you speak the language, they'll give you better opportunities. That's how it was with Samah. When she came from Syria, she didn't speak a word of English. They couldn't even put her on the cash register because she had never worked with money, but she was very pretty, so they took her in as a hostess during the worst shift to train her. The waiter that brought her explained to her in her own language how she had to greet

y sentar a los que iban llegando y la hizo entrar en la escuela. En unos meses se desenvolvía mejor que muchas que llevaban ya años trabajando acá, así que la movieron al mejor de los horarios. Luego pasó a la caja y, después de su turno, se quedaba a entrenar como mesera. En un ratito andaba sirviendo mesas y ganando buenas propinas. Ahora trabaja en un buen restaurante de Bay Ridge. Dicen que está tratando de entrar en uno de Manhattan. Puede que lo logre y puede que pase lo mismo con vos. Eso sí, tenés que esforzarte también por verte mejor. Mucho inglés podrás saber, pero, si no lucís bien, no vas a pasar de ahí. En estos negocios la apariencia importa mucho; si no me creés, mirá a la búlgara que viene de hostess solo los fines de semana. Por cómo mueve el culo los clientes le dan mejores propinas que a los que les servimos la comida. Por eso —no por los chistes que cuenta— es que la contrataron. Tomá nota. No te digo que te hagás igual que ella, pero algo podrías aprender. Hay que sacarle provecho a lo que se tiene. Vos no estás tan mal, pero te falta coquetería —me lo dijo Theo, el manager—, por eso prefirieron poner a la rusa en el horario de cinco a once. Ingrid no tiene ni mejor cara ni mejor cuerpo que vos, pero se viste mejor. Si te ponés faldas más cortas, seguro te darán el siguiente chance. He oído que quieren quitar

and seat those who showed up, and he made her start school. In a few months, she was getting on better than many women who had been working here for years, so they moved her to the best shift there is. Later she switched to the cash register and after her shift, she'd stay to train as a waitress. Pretty soon she was waiting on tables and making good tips. Now she works at a good restaurant in Bay Ridge. They say she's trying to get into one in Manhattan. She might get it and maybe the same thing will also happen to you. You'll have to start, that's for sure, making an effort of looking better. You might speak a lot of English but if you don't look good, you won't get anywhere. In this business, your looks matter a lot; if you don't believe me, take a look at the Bulgarian hostess who only comes in on the weekends. The customers give her better tips for the way she moves her ass than those of us who serve them their food. That's why—not for the jokes she tells—they hired her. Keep in mind—I'm not telling you to become exactly like her, but you could learn a thing or two. You have to make the most of what you've got. You don't look that bad, but you could use some more flirting—Theo, the manager, told me— that's why they chose to put the Russian girl on the 5 to 11 shift. Ingrid doesn't have a better-looking face or a better body than you, but she dresses better. If you put on shorter skirts, I'm sure they'll give you the next chance. I've heard they want to

a una colombiana que trabaja en mi turno y que ha engordado demasiado. Seguro pueden hacerla cambiar con vos, todo es que te arreglés más. Si querés, ahora mismo vamos a comprarte algo de ropa. No te preocupés por la plata: yo te la presto. Ahorita lo importante es que mejorés tu apariencia. Vamos también a un salón de belleza para que te corten el cabello y te hagan las manos. ¿Quieres que le demos forma a las cejas también? Sí, ¿verdad? Pero no me quite mucho. No quiero verme tan distinta. No tengas miedo. Ella sabe lo que hace. ¿Quién creés que le dio forma a las mías? ¿Ella? Ella misma. Es buenísima. Ahora tiene este salón acá en el barrio, pero antes trabajó en uno de la ciudad. Cierto. Siempre me están pidiendo que regrese, pero, por la hija mía, ya no puedo. Es una lástima porque se gana buen dinero: las clientas allá pagan sin renegar y te dejan buena propina. Pero mi marido quiere que cuide a la niña, ya tú sabes cómo son los dominicanos. No, no sabe. Lourdes acaba de venir. Una semana tiene apenas de estar acá. Seis días. ¿Y ya te llevaron a conocer la ciudad? Aún no. Solo la ha visto desde la ventana de la cocina y desde el parque. Mi mamá quiere que yo se la muestre —ella no conoce más que el camino a su trabajo—, pero no he tenido tiempo por estar cubriéndole parte del turno a uno de los meseros. Luego empezó ella a trabajar y ¿Ya

get rid of a Colombian who works my shift and who's put on a lot of weight. I'm sure they can have her switch with you, if you fix yourself up more. If you want, we'll go buy you some clothes right now. Don't worry about the dough, I'll lend it to you. The important thing right now is that you improve your appearance. Let's go to a beauty salon too so they can cut your hair and do your nails. Would you like us to shape your eyebrows too? You do, right? But don't cut off too much. I don't want to look too different. Don't be scared. She knows what she's doing. Who do you think shaped mine? Her? Exactly. She's very good. Now she has this salon here in the neighborhood, but she used to work at one of them in the city. It's true. They're always asking me to come back, but because of my daughter, I can't anymore. It's a shame because the money's good—the customers over there pay without complaining and they leave you good tips. But my husband wants me to take care of our little girl, you know how Dominicans are. No, she doesn't know. Lourdes just got here. She's only been here a week. Six days. And did they already take you to check out the city? Not yet. She's only seen it from the kitchen window and from the park. My mom wants me to show her around (she only knows the way to her job), but I haven't had the time since I'm covering part of a waiter's shift. She then started working and She's already working? Where? At the diner, but

trabaja? ¿Dónde? En el restaurante, pero no conmigo, sino en el siguiente turno. ¿El de los desvelos? No tienes cara de trasnochadora, seguro te está costando tu poco, pero al menos es mejor que trabajar en una fábrica. Eso le digo yo, pero no me cree. Piensa que en las fábricas es más fácil porque no tiene que hablar gran cosa. Las fábricas son horribles, mi amor. Recién venida, yo trabajé en una. De abrigos era. No quiero ni acordarme. Ganaba muy mal y todo el tiempo estaba pensando en si llegaba la Migración y los atrapaban ahí mismo. Pasaba tensa todo el tiempo así que, en cuanto pude, me salí. El chino que era dueño me ayudó. *Beautiful* —me decía—, búscate otra cosa, esto no es pa ti (hablaba él un poquito de español). ¿Y qué voy a hacer —le dije— si necesito trabajar? Entonces acepté su propuesta de ser su mujer porque no todos los días se le presenta a una la oportunidad de que un hombre la mantenga. No me gustaba el chinito, pero me gustaba menos tener que comer mierda. Y estaba comiendo mierda. Compartía la habitación con dos chicas más y, aún así, no tenía ni para enviarle a mi familia en Santo Domingo. Todo lo que ganaba me lo gastaba en pagarle al que me trajo a este país.

La señora que me alquilaba la pieza me dijo que aprovechara, que me fuera con el chino, que le diera toda la cama que quisiera, pero que, mientras anduviera él trabajando, me pusiera a aprender algo,

not with me, the next shift. The graveyard shift? You don't look like the night-owl type, I bet it's hard getting used to it, but at least it's better than working in a factory. That's what I tell her, but she doesn't believe me. She thinks it's easier in the factories because she doesn't have to speak a whole lot. Factories are horrible, sweetie. I worked in one when I just got here. It was coats. I don't even want to think about it. I made pennies and all the time I kept thinking what if the INS shows up and everyone gets caught right there. I was stressed out all the time so as soon as I could, I left. The Chinese man who was the owner helped me out. Beautiful— he'd say to me—find yourself something else, this is not for you (he spoke a little Spanish). And what am I gonna do?—I told him—since I need to work? So I agreed to become his lover, because it's not every day that you find a man willing to support you. I didn't like the lil' Chinese guy, but I liked eating shit even less. And I was eating shit. I shared a room with two more girls and even like that, I didn't even have enough to send back home to my family in Santo Domingo. Everything I earned I spent it paying back the man who brought me to this country.

The woman who rented me the place told me to take advantage of it, to go away with the Chinese guy, to give him all the sex he'd want but that while he was out working, to start learning something,

inglés, cosmetología, cualquier cosa. Una vez que hayas aprendido y puedas trabajar en algo bueno, mi vida, lo mandas pa'l carajo. No tienes que estar con él siempre. No pensarás que se trata de algo eterno: recuerda que tiene esposa. Tú ábrele las piernas mientras te convenga y no te preocupes por romperle el corazón: los chinos no tienen. Si lo dejas, se buscará a otra y ya. Lo de él contigo no es amor. Seguro se le fue la amante que tenía y anda buscando repuesto. A ti eso te conviene, sobre todo ahora que viene el frío. Que te ponga apartamento con calefacción —que mira que por acá los hay sin ella— y que te dé buena vida. Sácale todo lo que puedas. Eso sí: cógetelo bien, que de eso depende que siga contigo. Y eso hice. Me cogí al chino por necesidad los dos años que me llevó aprender inglés y aprobar el curso en la escuela de belleza y, luego, cuando conseguí un empleo en la ciudad —porque soy muy buena en lo mío—, lo dejé. Sin más. Pude haberle dado largas, pero no tenía sentido seguir soportándolo si ya había obtenido lo que necesitaba. No me gustan los chinos (ni siquiera compro de su comida). No te los recomiendo. Si vas a meterte con uno que no sea hispano, decídete por un gringo. Y trata de casarte con él: es la mejor manera de obtener los papeles rápido. Eso le digo yo. Por eso quiero ponerla bonita, tal vez enamora a alguien y

English, cosmetology, anything. Once you've learned and you can work in something good, sweetheart, you tell' em to go to hell. You don't have to stay with him forever. Don't you start thinking it's something permanent— remember he's got a wife. You open your legs as long as it suits you and don't worry about breaking his heart—Chinese people haven't got one. If you leave him, he'll find another woman and that'll be that. What he's got with you isn't love. His lover probably took off and he's looking for someone to replace her. That's to your advantage, especially now that it's getting cold. Let him put you up in an apartment with heating—there's plenty of them here without it—and let him give you a comfortable life. Get everything you can from him. But, that's for sure— fuck him good, since that's what's gonna make him wanna stay with you. And that's what I did. I fucked that Chinese man out of necessity during those two years that it took me to learn English and pass the beauty school course and then, when I found a job in the city—because I'm very good at what I do—I left him. Just like that. I could've given him the run around but there was no point putting up with him if I'd already gotten everything I needed. I don't like Chinese people (I don't even buy their food). I don't recommend them. If you're gonna get mixed up with a guy who isn't Hispanic, choose a gringo. And try to marry him—that's the best way of getting a green card fast. That's what I tell her.

resuelve su lío. Porque ahora ya sos ilegal. Desde que empezaste a trabajar sin permiso. Además, vas a quedarte, ¿no? No lo sé. Quédate, niña. ¿Qué vas a hacer en tu país? Tu prima dice que se vive muy mal allá. Quédate. Todo mundo se queda. Aprovecha que te ha tocado fácil, no has tenido que pasar la frontera a pie. ¿Ya te ha contado mi mamá cómo la cruzó ella? Y luego le tocó a la pobre esperar diez años para poder conseguir los papeles. Pasó escondida todo ese tiempo en la casa en que trabajaba. No es fácil. Yo me habría vuelto loca. Yo, también. Menos mal que no tuve que pasar por eso. Tuve suerte. Sí. Pero no la aprovecha: mi tía dice que no ha querido estudiar. Porque la escuela no es lo mío y porque, además, ya aprendí lo que tenía que aprender: inglés. Con eso tengo suficiente: gano mucho más que mi mamá y no tengo que limpiar casas. A ti —me parece— eso te gustaría más. Verdad. Lo preferiría a tener que estar atendiendo gente en ese restaurante. Pues, si quieres, te doy el nombre de una agencia de empleos que te puede conseguir casas para que limpies. Dependiendo de dónde te coloquen, puedes hacer buen dinero. Aunque creo que es mejor que te quedes donde estás. Mira qué bien quedaste. Se ve mucho mejor. Ya me imagino lo que me dirían tus amigos si te vieran. Estás irreconocible. ¿Lo estás? Luzco diferente con maquillaje.

32

That's why I want to get her looking pretty, maybe she'll have someone fall in love with her and she can solve her problem. Because you're illegal now. Ever since you started working without a permit. Besides, you're gonna stay here, right? I don't know. Stay here, child. What are you gonna do in your country? Your cousin says life's very hard over there. Stay here. Everyone stays. You've had it easy, so enjoy it; you haven't had to cross the border on foot. Did my mom already tell you how she crossed? And then the poor woman had to wait ten years to get her green card. She had to hide all that time in the house where she worked. It's not easy. I would've gone crazy. Me too. Good thing that I didn't have to go through that. I was lucky. Yes. But she doesn't take advantage of it—my aunt says she hasn't wanted to study. Because school isn't my thing and besides, I already learned what I had to learn—English. That's enough for me—I earn much more than my mom and I don't have to clean houses. You'd like that—it seems to me—more. True. I'd prefer that to having to wait on people at a diner. Well, if you want, I'll give you the name of an employment agency that can find you houses for you to clean. You can make good money, depending on where they place you. Although I think it's better that you stay where you're at. Wow, how good you look! It looks much better. I can imagine what your friends would tell me if they saw you. You're unrecognizable. Are you? I look different with make-up on.

Me gustaría verte. Dice mi prima que llamo mucho la atención en el restaurante, que ya varios le han preguntado por mí, que quieren invitarme a salir. Pero nunca acepta. La vecina del piso de abajo la ha convencido de que en esa ciudad no hay hombre que valga la pena. La tía cree lo mismo. Le insisten en que tenga cuidado. Es mejor ser precavida, como la cajera rusa, que nunca acepta salir con clientes o empleados hasta que el encargado de la seguridad en las madrugadas les echa un vistazo y les da su aval. A él nadie puede engañarlo: Tony es de la ciudad y, antes de trabajar en el restaurante, fue policía. Conoce bien a la gente. Si ella quiere, también puede ayudarle a distinguir con quién debe y con quién no debe salir. ¿En verdad? Claro. Pero Tony no habla español, así que necesita quién les traduzca la conversación. Casi siempre es una mesera puertorriqueña que no le simpatiza a su prima. Dice que se cree más que el resto de las latinas por ser ciudadana. Finge que le cuesta hablar español y solo accede cuando los jefes le piden que sirva de intérprete, pero a mí me traduce sin remilgos. Porque se lo pide el policía. Dicen que duerme con él. Con él y con quien le dé dinero. La puertorriqueña tiene mala fama. No le gusta trabajar. Se burla de las que lo hacen. Mi prima asegura haberla escuchado reírse de mí con otras meseras. El más joven de los cocineros dice que las meseras se ríen

I'd like to see you. My cousin says that I get a lot of attention at the diner, that several guys have already asked about me, wanting to take me out. But she never says yes. The neighbor from downstairs has convinced her that there's no man worth the bother in that city. Her aunt thinks the same way. They beg her to be careful. It's better to be cautious, like the Russian cashier who never goes out with customers or employees until the security guard who works the early-morning shift eyes them up and gives his approval. No one can trick him—Tony's from the city and he used to be a cop before working at the restaurant. He knows people well. If she wants, he can also help her to figure out the people she should and shouldn't go out with. Really? Sure. But, Tony doesn't speak Spanish, so he needs someone to translate the conversation. It's almost always a Puerto Rican waitress that his cousin doesn't like much. She says that she's better than all the other Latinas for being a citizen. She pretends it's hard for her to speak Spanish and only agrees to it when her bosses ask her to translate, but she translates for me without complaints. Because the cop asks her. They say she's sleeping with him. With him and with anyone who gives her money. The Puerto Rican girl has a bad rap. She doesn't like to work. She makes fun of the ones who do. My cousin's sure she heard her laughing about me with the other waitresses. The youngest cook says the waitresses laugh at everybody, even the bosses.

de todos, incluso de los jefes. No les prestes atención,
son unas bobas, ¿por qué crees que trabajan acá? Los
diners son para los recién llegados o para los ilegales.
Los gringos que se quedan es porque son drogadictos o
perdedores, como ellas y como Valerie, la del counter.
Esa también es igual. No creas que porque te llama
honey y te dice en español que eres la mejor te tiene
algún aprecio. Les dice lo mismo a todas. Le da igual
si te asignan el peor o el mejor de los horarios, lo único
que le interesa es que le den —tú o la que esté en la
caja— la propina que le dejan los que pagan con tar-
jeta de crédito. Acá la única de las gringas con quien
vale la pena hablar es con la hija de la mesera griega
de las mañanas. Marina se llama. Trabaja en el turno
de cinco a once, no porque sea perdedora ni drogadic-
ta, sino porque estudia en la universidad. Economía.
Es muy buena. Ojalá puedas conocerla antes de que se
largue. No va a quedarse mucho tiempo acá. Aunque
los dueños la tratan bien, a ella no le gusta el sitio,
como a ti. Van a congeniar. Además, habla español.
Sí, aprendí en High School. También hablo francés. Y
griego, por supuesto. ¿Tú hablas algún otro idioma?
No. Pero ya está aprendiendo inglés. ¡Bien! Yo dejaré
este trabajo la otra semana; si quieres, puedo decirle a
Theo que te ponga en mi lugar (van a necesitar a al-
guien), así dejas el turno de la madrugada. José tiene
razón: es el peor. Tu prima debió haber insistido

Don't pay any attention to them, they're idiots. Why do you think they work here? Diners are for those who just got here or for illegals. The gringos who stay here are because they're drug addicts or losers, like them and like Valerie, the one from the counter. She's also the same. Don't think that because she calls you honey and tells you in Spanish that you're the best that she cares about you. She says the same thing to all the girls. She could care less if they give you the worst or best shift, the only thing she cares about is that they give her—you or whoever's at the cashier—the tips left by those who pay with a credit card. The only gringa worth talking to here is the Greek waitress's daughter who does the morning shift. Marina, she's called. She works the 5-to-11 shift, not because she's a loser or a drug addict, but because she goes to college. Economics. She's very nice. Hopefully you can get to meet her before she gets outta here. She's not going to stay here for long. The owners treat her well, but she doesn't like this place, like you. You'll get along. Besides, she speaks Spanish. Yes, I learned it in high school. I also speak French. And Greek, of course. Do you speak another language? No. But she's learning English now. Good! I'm leaving this job next week; if you want, I can tell Theo to put you in my spot (they're gonna need someone), that way you get out of the graveyard-shift. José's right—it's the worst. Your cousin should've insisted they give you a

para que te dejaran en uno mejor aunque no es-
tuvieras en condiciones de escoger. Ella sabía que
yo buscaba reemplazo. Theo también. No ha teni-
do inconveniente alguno en asignarte mi horario.
Comienzas la otra semana. Sé puntual: Theo odia
las tardanzas. Tampoco le gusta que las que están
al frente hablen en español. A los de la cocina y a
los que tienen papeles ni se le ocurre prohibírselos.
Los regaña por otras cosas. Le encanta gritar. Que
no te extrañe si te sube el tono, así es él, no le hagas
mucho caso. Si no le das problemas, tampoco te los
dará. No es de los que les gusta joder de gusto. Tam-
poco es de los que buscan que te acuestes con él. El
que hace eso es Yany. Si no me crees, pregúntale a
la rumana. Es cierto. Me lo propone casi a diario.
El imbécil piensa que las europeas del este somos
putas. Cree lo mismo de las latinas. De todas las
mujeres. Seguro hasta de su madre. ¿Habrá inten-
tado tirársela? A lo mejor, el viejo ese tiene cara de
degenerado. Me da asco. Pero tienes suerte: no eres
su tipo (ya se habría acercado e intentado tocarte).
Pobre de ti, que tienes que soportarlo a diario. No
será por mucho tiempo: en cuanto pueda, me voy
de este lugar de mierda.

Lugar de mierda le decía al diner la tal Miche-
lle. Ella fue la que le metió en la cabeza la idea de
dejar ese trabajo. De no haber sido por ella, Lour-

better one even if you're not in a position to choose. She knew that I was looking for a replacement. Theo too. He doesn't have any problems in giving you my shift. You start next week. Be on time—Theo hates it when you're late. He also doesn't like the girls in charge of the front to speak Spanish. It doesn't even cross his mind to stop the kitchen staff and the ones with green cards from doing so. He scolds them for other things. He loves to yell. Don't be surprised if he raises his tone at you, he's like that, don't mind him too much. If you don't give him any problems, he won't give you either. He's not the type who likes fucking with you for fun. He's also not the type of guy looking to sleep with you. Yany's the one who does that. If you don't believe me, ask the Rumanian girl. It's true. He brings it up it almost every day. That jerk thinks us Eastern European women are whores. He thinks the same about Latinas. About all women. Even his own mother, for sure. Think he ever tried to fuck her? Most likely, that old man looks like a pervert. He makes me sick. But you're lucky—you're not his type (he would've already tried to get close and touch you). Poor you, you have to put up with him every day. It won't be for long— as soon as I can, I'm getting out of this shithole.

Shithole, that's what the so-called Michelle called the diner. She's the one who put into her head the idea of leaving that job. If it hadn't been for her, Lourdes

des seguiría en el restaurante —como mi hija— en vez de estar lavando los escusados de las judías. ¿Las ortodoxas? No trabaja más para ellas. ¿No estaba enterada? No. Hace ya dos semanas que las dejó. De hecho, estoy llamando para saber si consiguió ya un empleo. A lo mejor sí porque sale a la hora de siempre. Entonces todo debe estar bien. No del todo: regresa muy tarde. La tía sospecha que tiene un noviecito. Espera que esta vez se trate de un salvadoreño (por ahí hay muchos). Le gustaría que fuera el hijo de la señora que le lleva las encomiendas. Es buen muchacho. Simpático. Lástima que no le haga caso. No está interesada: solo sabe hablar de su trabajo. Prepara desayunos en la calle Lexington. Algún día pondrá un restaurante en El Salvador, pero no en Jiquilisco, de donde es él, sino en la capital. Ella podría encargarse de recibir a los clientes y de cobrar. Serían socios. La dejará escoger el nombre. Podría llevar el suyo o el del restaurante donde él trabaja, así lo recordaría siempre. Es buena idea. También podría llamarse Rosita, como las de las canciones. Quiere una hija con ese nombre. Ella podría ser la madre. ¿Te gustaría tener una hija? Quizás. La llamaría Mihaela, como la rumana. ¿No se llamaba Michelle? No. Usa ese porque acá nadie puede pronunciar su nombre. Nadie. Yo puedo. ¿En serio? Veamos si es cierto. Se escribe Mihaela, pero se pronuncia Mijaela. Con jota. Mi-ja-e-la. Mihaela, sí. Me gusta

would continue at the restaurant—like my daughter—instead of washing toilets for Jewish ladies. The Orthodox ones? She doesn't work for them anymore. You didn't know? No. It's been two weeks since she left. In fact, I'm calling to know if she already found a job. Most likely yes because she gets out at the same time as always. So everything should be fine. Not at all—she gets back very late. Her aunt suspects that she has some little boyfriend. She hopes it's a Salvadorean this time (there are many around there). She wishes it were the son of the woman who brings her supplies. He's a good boy. Nice. Too bad she's not into him. She's not interested—he only talks about his job. He makes breakfasts on Lexington Ave. One day he'll set up a restaurant in El Salvador, but not in Jiquilisco, where he's from, in the capital. She could be in charge of greeting the customers and handling their bill. They'd be partners. He'll let her choose the name. It could be named after her or after the restaurant where he works, it would always be easy to remember, that way. It's a good idea. It could also be called Rosita, like the ones from the songs. He wants a daughter with that name. She could be the mother. Would you like to have a daughter? Maybe. I'd call her Mihaela, like the Rumanian. Wasn't she called Michelle? No. She uses that one because no one here can pronounce her name. No one. I can. Really? Let's see if it's true. It's written Mihaela, but it's pronounced Mi-jaela. With a «j». Mi-ja-e-

cómo pronuncias, aprenderías rumano con facilidad. Si quieres, puedo enseñarte. Podemos vernos en mi apartamento. O en el mío. Preferiría que fuera en el mío: en el tuyo estaría tu prima. Ella no me simpatiza. Es muy... ¿cómo se dice? ¿Entrometida? No sé si esa es la palabra… Lo que quiero decir es que se comporta como si tú le pertenecieras. Siempre está queriendo saber de qué hablamos. Todo mundo quiere saberlo. Theo dice que platicamos demasiado. La semana pasada me llamó la atención. Dijo que no quería tener que volver a regañarme, que no le importaba que Michelle quisiera practicar el español que aprendió en la universidad, que nos viéramos en nuestro tiempo libre si tanto era nuestro deseo de estar juntas, que podíamos incluso acostarnos si nos daba la gana, que a él no le importaba, sólo quería que no nos la pasáramos murmurando y riéndonos en horas laborales. Parecen enamoradas. Terminarán besándose acá si no las detengo. ¿Por qué dice eso? Porque Michelle se te acerca demasiado, primita. ¿No te has dado cuenta? Los chicos aseguran que le gustas y que está tratando de seducirte. Inventan esa estupidez porque Michelle no les hace caso. Ella jamás ha dormido con alguien del restaurante. Porque tiene novio. Es rumano, como ella. Viven juntos. Eso dice. Nadie del diner lo ha visto. Porque no me gusta que venga a este lugar de mierda. Por eso tampoco traigo a mi madre. Seguro esta gente inventará que ella tampoco existe. No

la. Mihaela, yes. I like how you pronounce it, you'd learn Rumanian easily. If you want, I can teach you. We can get together at my apartment. Or in mine. I'd prefer mine. Your cousin would be in yours. I don't like her. She's very... how do you say it? Nosey. I don't know if that's the word... What I mean is that she acts as if you belonged to her. She's always wanting to know what we talk about. Everybody wants to know. Theo says that we chat too much. Last week he called me out on it. He said he didn't want to have to scold me again, that he didn't care if Michelle wanted to practice the Spanish that she learned in college, but we should see each other during our free time if we wanted to be together that much, that we could even sleep together if we wanted to, that he could care less, he just didn't want us whispering and laughing during work hours. You look like lovers. You'll end up making out here if I don't stop you. Why do you say that? Because Michelle gets way too close to you, sister. Haven't you noticed? The guys are sure that she likes you and is trying to seduce you. They make up that crap because Michelle doesn't give them the time of day. She's never slept with someone from the restaurant. Because she's got a boyfriend. He's Rumanian, like her. They live together. That's what she says. Nobody in the diner has seen him. Because I don't like for him to come to this shithole. That's why I also don't bring my mother. These people will say, for sure, that she doesn't exist either.

se puede esperar más de un sitio como este. ¿Ves por qué lo odio? Todo acá es de mal gusto, incluso la decoración. Es espantosa. No sé porqué los americanos aman tanto estos lugares. Son horribles. Michelle y yo jamás vamos a diners cuando salimos juntas. Tampoco nos quedamos en Brooklyn. Mi tía, en cambio, no pasa de aquí. Le teme a la ciudad. Solo va si su oficina le asigna un caso ahí. Por lo general la dejan acá o la mandan al Bronx porque ella pide trabajar con hispanos. Por el idioma. Por eso nunca aprendés inglés, mamá. Debería darte vergüenza que Lourdes ya sepa hablar más que vos cuando solo tiene unos meses acá. Hacé lo que ella: practicá. Practicar es la clave. Michelle dice que solo así se consigue fluidez, por eso me pone siempre a mí a hablar cuando estamos en la ciudad. Me la paso bien. Vamos a cafés y a tiendas. Le encanta comprar ropa y maquillaje. Y conversar. Conmigo sobre todo: le recuerdo a una peruana que conoció en Londres. Tenía senos como los míos. También estuvo algún tiempo en la universidad, como yo. Se llama Lucía. Se escribe con ella por Internet. Ya le ha contado de mí. Está enterada de que le gusto. Mucho. Los del restaurante tenían razón: se me acerca más de lo debido. Ha notado que me pone nerviosa. No alcanza a adivinar si también me gusta, pero cree que sí porque jamás me niego sus invitaciones. ¿Está en lo cierto? No lo

What else can you ask from a place like this. You see why I hate it? Everything's tacky here, even the decor. It's awful. I don't know why Americans love these places so much. They're horrible. Michelle and I never go to diners when we go out together. We also don't stay in Brooklyn. My aunt, on the the other hand, never gets outta here. She's afraid of the city. She only goes if her agency gives her a job out there. They usually leave her here or they send her to the Bronx because she requests to work with Hispanics. Because of the language. That's why you never learn English, mom. You should be ashamed that Lourdes knows more than you and she's only been here a few months. Do what she does—practice. Practice is the key. Michelle says that's the only way to become fluent, that's why she always has me speak when we're in the city. I have a good time. We go to coffee shops and stores. She loves to buy clothes and make-up. And to chat. About everything with me— I remind her of a Peruvian woman she met in London. She had breasts like mine. She also spent some time in college, like me. Her name's Lucía. They e-mail each other. She's already told her about me. She knows that she likes me. A lot. The people from the restaurant were right— she gets closer to me than she should. She's noticed that it makes me nervous. She hasn't been able to figure out if I like her too, but she thinks so because I never say no to her invitations. Is she right? I don't think so. Don't you

creo. ¿No lo sabes? ¿Querrías probar? Nadie tiene por-qué darse cuenta. Su apartamento está solo por las ma-ñanas. Paso por él a diario. Luego nos vamos al trabajo. Llegamos por separado y casi no hablamos. No han vuelto a regañarnos. Tampoco nos molestan más gra-cias a que Michelle ha hecho que su novio llegue a recogerla a diario y que yo comience a salir con uno de sus compañeros de trabajo. Mi tía no está muy contenta porque es rumano, pero lo prefiere a que esté sin novio. Estaba preocupada. Ya estaba creyen-do que no te gustaban los hombres. No me gustan las mujeres. Me gusta Michelle, solo ella. A ella, en cam-bio, le gustan muchas. Ahora coquetea con una grin-ga que se llama Debbie y sirve mesas en el café donde ha empezado a trabajar. Siempre que llego están riéndose con los rostros muy cerca uno del otro. No entiendo cómo se llevan bien si no tienen nada en común. Debbie es una tonta. Y muy divertida en la cama. No es que la prefiera, pero ahora que me cam-bié de empleo me resulta muy difícil verte, Lourdes. Contigo nunca se sabe. Es cierto. Si me piden que me quede más tiempo, acepto. Necesito el dinero. Ella en-tiende. Así le sucedió cuando recién vino. La primera noche durmió en el suelo. A la mañana siguiente, sa-lió a buscar empleo. Le dieron oportunidad en un di-ner como ayudante de meseros y tuvo que aceptarla. Recogió platos sucios y limpió mesas de diez a doce

know? Would you want to try? No one has to find out. No one's in her apartment in the mornings. I pass by it every day. Then we go to work. We get there separately and we barely speak to each other. They haven't yelled at us again. They also don't bother us anymore, thank god, now that Michelle has her boyfriend come pick her up every day and I've begun to go out with one of her coworkers. My aunt isn't too happy that he's Rumanian, but she thinks it's better than not having a boyfriend. She was worried. I was starting to think that you didn't like men. I'm not into women. I only like Michelle, only her. She, on the other hand, likes many of them. Now she's flirting with a gringa named Debbie and waits on tables at the coffeeshop where she started working. Every time I go there they're laughing together with their faces very close to each other. I don't understand how they get along well if they have nothing in common. Debbie's an idiot. And very fun in bed. It's not that I prefer her, but now that I changed jobs it's very hard to see you, Lourdes. I never know with you. It's true. If they ask me to stay longer, I say yes. I need the money. She understands. That's what happened to her when she just got here. That first night she slept on the floor. The next morning, she went out looking for work. They gave her a break at a diner as a waiter's helper and she had to take it. She picked up dirty dishes and cleaned tables ten to twelve

*horas diarias por seis meses hasta que un cliente se
la llevó a trabajar con él a su mueblería. Es hábil
para conseguir ayuda. Así logró que le dieran entra-
da en el café de la tercera avenida donde está ahora.
Le va bien. Se esfuerza poco y gana tanto o más que
las meseras del diner. Dice que, en cuanto haya
oportunidad, hará que me contraten a mí. No es el
mejor trabajo del mundo, pero estaríamos en el mismo sitio, nos veríamos más. Ten paciencia. Te avisa-
ré en cuánto haya algo. Mientras, deja el diner y haz
cualquier otra cosa. ¿Como qué? Qué sé yo, limpia
casas. Mi madre puede recomendarte con las amigas
de su jefa. No se gana nada mal (ella manda mil
dólares mensuales a Rumania) y se ahorra mucho
(no gastas ni en pasaje ni en comida, ni en ropa).
Eso sí: debes dormir adentro. ¿Estar encerrada? Mejor quedate donde estás. Tu tía tiene razón: no acep-
tés. No te conviene. Lo que Michelle quiere es desha-
cerse de vos. Debe haberse aburrido ya. Cada vez
llama menos. Casi no la encuentro cuando paso por
su apartamento. Al amigo de su novio, en cambio, lo
veo siempre. No sé cómo quitármelo de encima. Me
tiene harta, al igual que el trabajo. Odio el diner.
Acabo de renunciar. Sin armar escándalos, aunque
debí haberles gritado y quebrado los vasos como
una marroquí que se fue hace dos semanas porque
la insultaron. Trabaja ahora en una panadería y me*

hours a day for six months until one of the customers took her to work with him at his furniture store. She's good at getting help. That's how she was able to get a spot at the coffeeshop in Third Avenue where she's now. It's going well for her. She doesn't have to work too hard and earns as much or more than the waitresses at the diner. She says that, as soon as a spot opens up, she'll have them hire me. It's not the best job in the world, but we'd be in the same place, we'd get to see each other more. Be patient. I'll let you know as soon as there's something. In the meantime, quit the diner and do something else. Like what? I don't know, clean houses. My mother can put in a word for you with her boss's friends. The pay isn't bad (she sends a thousand dollars every month to Rumania) and you save a lot (you don't have to spend on travel fare or food, or even clothes). But that's for sure— you have to sleep there. Locked up? Better stay where you're at. Your aunt's right—don't take it. It's not for you. What Michelle wants is to get rid of you. She must've gotten bored by now. She calls less and less. I almost never get a hold of her when I go to her apartment. Her boyfriend's friend, however, I see all the time. I don't know how to get rid of him. I'm fed up with him, and the job too. I hate the diner. I just quit. Without making a scene, although I should've yelled at them and broken glasses like the Moroccan woman who left two weeks ago because they insulted her. Now she's working at a

ha dicho que puede ayudarme a entrar ahí si se marcha alguna de las chicas. Le parece bien que haya dejado ese sitio. A Ingrid, en cambio, le parece que debí haber esperado a tener asegurado otro empleo, como Angelo, un hostess que se fue a un trabajo con computadoras por siete dólares la hora que ella le consiguió. Si quiero, también puede ayudarme. Sabe de una compañía de car service que necesita una operadora. No es difícil: solo tienes que recibir las llamadas de los clientes, indicarle a los chóferes las direcciones donde deben ser recogidos y adonde deben ser llevados, y luego anotarlas. Nada del otro mundo. Para vos, que no tenés problemas con el idioma. A mí me cuesta escribirlo y aún me confundo con las pronunciaciones. Prefiero la panadería. No entiendo por qué no me llaman de ahí si dijeron que lo harían. Ya pasaron las dos semanas que me dijo la marroquí y sigo sin tener noticias. Mi tía dice que es mejor que me busque algo más. Esta tarde hemos ido a una tienda de esta avenida donde trabaja una muchacha de su pueblo. Es de unos rusos. Venden sábanas y cortinas. Puede que me den empleo. A la dueña le gusta que sus empleados hablen español. El inglés no sirve tanto en este barrio. Si estás dispuesta a trabajar, puedes comenzar mañana mismo. Tenés suerte. Es difícil conseguir empleo en esta época. Todo mundo contrata estudiantes —que están de vacaciones— porque trabajan por menos dinero. La próxima vez

bakery and told me that she can help me get a job there if one of the girls leaves. She thinks it's a good idea I left that place. Ingrid, however, thinks I should've waited until I had another job lined-up, like Angelo, a hostess who left for a job with computers for seven dollars an hour that she found for him. If I want, she can also help me out. She knows a car service company that needs an operator. It's not hard—you only have to answer the calls from the customers, tell the drivers the addresses where they need to be picked up and where they need to be taken, and write them down later. Nothing to it. Easy for you, since you don't have problems with the language. I have a hard time writing it and I still get confused with the pronunciation. I prefer the bakery. I don't understand why they're not calling me from there if they said they would. It's already been two weeks since the Moroccan woman told me about it and I still haven't heard anything. My aunt says it's better I look for something else. This afternoon we went to a store on this avenue where a girl, from her hometown, works. Some Russians own it. They sell sheets and curtains. They might give me a job. The lady who's the owner likes for her employees to speak Spanish. English isn't so useful in that neighborhood. If you're ready to work, you can begin as early as tomorrow. You're lucky. It's hard finding work this time of year. Everyone's hiring students—they're on vacation—because they work for less money. The

que dejés un empleo, que no sea en verano. Si vas a hastiarte, que sea en invierno, entonces es que podés darte ese lujo. Pero conseguí un trabajo antes de ponerte digna y renunciar, sobre todo si está cerca la fecha de pagar los recibos.

Todas las semanas hay recibos. Si no es el de la electricidad, es el del teléfono o el del cable. Si no son esos, es la renta. O el gas. O el agua. Siempre hay algo que pagar. Además está el supermercado, la ropa de cada temporada, el transporte, el salón de belleza. Apenas me alcanza para mandarle algo a mi mamá. Gano poco. Menos de cinco dólares por hora es ilegal. Se aprovechan de tu situación. Pero así quisiste: bien estabas en el diner. Ahora te aguantás. No queda de otra. Al menos puedo seguir yendo a la escuela, aunque ahora de noche. En cuanto cierran la tienda, me voy a unas clases que dan acá cerca, en la cuarta. Solo que ahora tengo que pagarlas porque ya no puedo asistir al horario de la gratuita. Lo bueno es que ya no voy solo dos veces a la semana, sino todos los días. Estoy aprendiendo más rápido y conociendo más gente. Latina sobre todo. Buenas personas, aunque algo aburridas. Solo les gusta ir a sitios hispanos y gastar lo menos posible. No los comprendo. Dicen que así somos los que venimos con visa y por avión: no entendemos. No sabemos lo que es caminar con miedo y aguantar hambre por días completos.

next time you leave a job, don't do it in the summer. If you're going to get fed up, have it be in the winter, then you can be picky. But find a job before you get righteous and you quit, especially if it's almost time to pay the bills.

There are bills every week. If it's not the electricity, it's the phone or the cable. If it's not those, it's the rent. Or the gas. Or the water. There's always something to pay. There's also the groceries, the clothes for every season, the transportation, the hair salon. I barely have enough to send my mom something. I earn little. Less than five dollars an hour is illegal. They take advantage of your situation. But that's what you wanted—you were fine at the diner. Now you have to put up with it. You don't have a choice. At least I can keep going to school, although it's at night now. As soon as they close the shop, I go to some classes around here, on Fourth Avenue. Only that now I have to pay for them because I can't go to the free ones anymore. The good thing is that now I don't go twice a week anymore, but every day. I'm learning more quickly and meeting more people. Latinos, especially. Good people, although they're kind of boring. They only like going to Hispanic places and to spend as little as possible. I don't understand them. They say that's how us who come here with a visa and by plane are—we don't understand. We don't know what it's like walking in fear and being hungry for many days.

Derrochamos porque no nos ha costado mayor cosa. Hemos tenido nuestras dificultades, como cualquiera, pero no podemos siquiera compararnos con ellos. No es lo mismo aunque vengás del mismo país. Te lo hacen sentir. Y algunos hasta te lo dicen. La que es mi jefa ahora sostiene que acá la situación se invierte. Si no me cree, mírese: usted tuvo escuela y no pasó hambre, pero aquí su jefa soy yo, que no hice ni tercer grado. A mí no me molesta que lo sea, pero, no sé, la manera en que lo dice me irrita. De seguro le ha costado mucho. De seguro será lo más que logre en su vida. De seguro no me quedaré en esa tienducha demasiado tiempo. Ni siquiera me gusta lo que vendemos ahí. Cuando puedo, les sugiero a las clientas que vayan a las grandes tiendas: la calidad de los productos es mejor y los precios son similares. Pero acá no tenemos que hablar inglés, mi vida. Ni aguantar desprecios de los racistas. Milagro, Vicky y yo las tratamos bien. Atendemos todos sus caprichos. Por eso regresan. Les encanta que las consintamos. Victoria es especialista en eso. Casi las abraza. Yo no llego a tanto. Además, no tengo que tocar a la gente para poder venderles algo. Yo lo que hago es asesorarlas, sugerirles decoraciones, enseñarles cuáles colores van con cuáles. Porque esta gente no tiene gusto. Si las dejo, se llevan lo peor de la tienda. Milagro ya me ha llamado la atención por eso. Me

We throw away our money because it hasn't cost us much. We've had our difficulties, like everyone else, but we can't even begin to compare ourselves to them. Even if you come from the same country, it's not the same thing. They make you aware of it. And some even tell you so. The lady who's my boss now is convinced that the situation gets reversed here. If you don't believe me, look at yourself—you've had schooling and didn't go hungry, but I'm your boss here, and I didn't even make it to the third grade. I don't mind that she is, but, I don't know, the way she says it bothers me. I bet it must've been hard for her. I bet that's as far as she'll get in life. I bet I won't stay in that crappy store much longer. I don't even like what we sell there. When I can, I suggest to the customers that they go to the larger stores—the quality of the products is better and the prices are similar. But we don't have to speak English here, sweetheart. Or have to put up with contempt from racist people. Milagro, Vicky and I treat them well. We wait on all their whims. That's why they come back. They love being spoiled by us. Victoria's an expert at that. She almost hugs them. I don't go that far. Besides, I don't have to touch people in order to sell them something. What I do is advise them, suggest decorations, show them which colors go with what. Because these people don't have any taste. If I leave them alone, they'll take the worst things from the store. Milagro's already called me out on this. She's told

ha dicho que ellas tienen derecho de llevarse lo que se les da la gana, que yo no soy nadie para decidir por ellas. Solo hago mi trabajo. Su trabajo no es regañar a la clientela: su trabajo es vender lo que tenemos acá, aunque no le guste. Para eso le pagan, señorita.

Milagro cree que quieres quitarle el puesto de jefa, por eso se porta así. Al esposo de la dueña le dice que tú no vendes mucho, que no tienes experiencia en esto, que solo te está tolerando porque Tania decidió darte una oportunidad, pero que, si por ella fuera, se buscaría a otra, aunque quiera mucho a tu tía. Ella fue muy buena conmigo cuando mi mamá murió y se lo agradezco, pero no por eso voy a dejar que usted haga acá lo que le da la gana. Recuerde que yo soy la manager. Y no lo estoy discutiendo. Lo único que he hecho, Tania, es servir a los clientes, hacer lo que Milagro me ha indicado: darles lo que no reciben en otras tiendas. No entiendo cuál es su queja. Debe tratarse de algo personal. Creo que es eso. No le hagas caso. Quédate y trata de no pelear con ella, no me gustaría que se molestara. Le tengo mucho aprecio. Lleva muchos años trabajando con nosotros. Comenzó limpiando la casa. A veces se cree que tiene todos los derechos. Ya te decía: no le hagas caso. Yo trato, pero ya no la soporto. Vicky, tampoco. Se ha ido. Mejor. Le daba mala reputación al lugar. ¿No se fijaba cuántos

me that they have a right to take whatever they want, that I'm nobody to decide for them. I only do my job. Your job is not to talk down to the customers—your job is to sell what we have here, even if you don't like it. That's why you get paid, young lady.

Milagro thinks you wanna take her job and become boss, that's why she behaves that way. She tells the owner's husband that you don't sell much, that you don't have any experience with this, that she's only putting up with you because Tania decided to give you a chance, but that if it were up to her, she'd find someone else, even though she loves your aunt very much. She was very good to me when my mom died and I'm grateful to her, but that doesn't mean I'm going to let you do whatever you want here. Remember that I'm the manager. And I'm not arguing. The only thing I've done, Tania, is wait on the customers, to do what Milagro told me to do—give them what they don't get in other stores. I don't understand what she's complaining about. It must be something personal. I think it's that. Don't mind her. Stay and try not to pick a fight with her, I wouldn't want her to get upset. I'm very fond of her. She's been working many years with us. She began cleaning the house. Sometimes she thinks she has the right to say anything. As I was telling you—don't mind her. I try, but I can't stand her anymore. Vicky doesn't either. She's left. Good. She gave the place a bad reputation. Didn't you notice how many

hombres la llamaban y cuántos entraban solo a hablar con ella? Esos no venían a comprar lo que vendemos acá. No me diga que no se daba cuenta que venían sólo para acordar con ella. Usted no es tan inteligente como parece. De seguro hasta le creyó que consiguió un empleo de niñera. Sí. En Long Island, donde pagan mejor y la vida es más barata. Ahí podrá ahorrar para regresarse pronto a México. Está harta de la vida acá. Le ha dicho que no vale la pena y le ha sugerido que deje de creer que logrará algo ahí y se regrese a su tierra tan pronto como le sea posible. Si lo que la detiene es el dinero, ella puede ayudarle a conseguir algo mejor para que junte lo necesario en poco tiempo. Es mejor que sepa de una vez que trabajando en la tienda jamás va a conseguirlo. Michelle también se lo ha dicho. Entiende que se sienta comprometida a quedarse por el favor que le hizo su tía de conseguirle la plaza mientras no tuvo empleo, pero no puede quedarse por puro agradecimiento en un sitio donde jamás va a prosperar. Lo mejor es que acepte el empleo que ella está ofreciéndole. Le asegura que hará mucho más dinero encargándose de los abrigos de los clientes en el Capuccino Café que trabajando todo el día en la tienducha esa. Además, podrán verse con frecuencia de nuevo. Todos los días si quiere. Debbie se ha ido a pasar el invierno a Miami. Odia la nieve. Ella ni siquiera la conoce, pero supone que le gustará —aunque la tía

men called her and how many came in just to speak with her? Those men didn't come to buy what we sell here. Don't tell me that you didn't notice they only came in to make plans with her. You're not as intelligent as you look. I bet you even believed that she really found a job as a nanny. Yes. In Long Island, where they pay better and life is cheaper. There she could save enough to go back to Mexico soon. She's fed up with the life here. She's told her it's not worth it and told her to stop thinking that she'll achieve something there and to return home as soon as she can. If money's what's keeping her, she can help her find something better so she can save up as much she needs in no time. It's better she knows once and for all that she'll never make it working at the store. Michelle's also told her. She understands she feels obligated to stay because of the favor her aunt did in finding her the gig while she didn't have a job, but she just can't stay out of gratitude in a place where she'll never make it. The best thing is to accept the job that she's offering her. She assures her that she'll make much more money taking care of the customer's coats in the Cappuccino Café than working all day in that crappy store. Besides, you can see each other more often again. Every day if you want. Debbie's left to spend the winter in Miami. She hates the snow. She's never even met her, but she's sure she'll like her—although her aunt's sure about the exact

apueste a lo contrario— porque Michelle dice que es maravillosa. Lástima que no podamos ir a esquiar. Esta vez tendremos que conformarnos con lo que se pueda hacer en la ciudad, pero el otro año iremos a un buen sitio. Ella hará que nos contraten en uno de esos hoteles de montaña y, en el tiempo libre, me enseñará a usar los esquís. Eso sí: tengo que prometerle que no voy a regresarme a casa. No sé para qué si, de todas maneras, tú no le interesas. A ella quien le importa es Debbie. ¿No te ha contado que van a vivir juntas? Michelle se mudará con ella en cuanto regrese, por eso prefiere no verla más. Renunció en el Capuccino Café y ha comenzado a trabajar en el barrio de los judíos limpiando apartamentos. Le pagan menos que en cualquier otro lado, pero está contenta con ellos porque le exigen mucho y no le dan tiempo para pensar en Michelle durante el día. Por eso ha empezado a aceptar también trabajos por la noche aunque la tía le ha dicho que haga tiempo para ella misma, que le gusta que se haya vuelto trabajadora, pero que tiene que descansar y también divertirse un poco, que sería bueno que saliera con alguien, que hace mucho no lo hace, que debería aceptar las invitaciones que le extienden las otras chicas que trabajan en ese barrio o las de los muchachos de las tiendas cercanas, aunque sean mexicanos. Pero a ella no le llama la atención. Les dice a todos que aceptaría encantada, pero que tiene que trabajar, que necesita

opposite—because Michelle says she's wonderful. Too bad we can't go skiing. This time we'll have to be happy with that you can do in the city, but next year we'll go somewhere nice. She'll have them hire us in one of those mountain resorts and, on our time off, she'll teach me how to use the skis. One thing's for sure—I have to promise her that I won't go back home. I don't know what for, since she's not really interested in you. Debbie's the one she really cares for. Hasn't she told you that they're going to live together? Michelle's going to move in with her as soon as she comes back, that's why she doesn't want to see her anymore. She quit the Cappuccino Café and has started working in the Jewish neighborhood cleaning apartments. They pay her less than anywhere else, but she's happy with them because they ask a lot of her and don't give her time to think about Michelle during the day. That's why she's also started taking jobs at night although her aunt's told her to make time for herself, that she's happy that she's become hard-working, but she has to rest and have some fun too, that it'd be good if she went out with someone, it's been such a long time she hasn't, that she should accept the invitations of the other girls who work in the neighborhood or the guys from the nearby stores, even though they're Mexican. But she's not interested. She tells everyone that she'd be happy to go out, but that she's got to work, that she needs to send

mandar dinero a casa. Entonces nadie le insiste hasta la siguiente ocasión. Es un excelente método para librarse de las invitaciones. Funciona las veces que quiera con todos, excepto con el lobo de piedra, que llegó a buscarla al barrio de los judíos y no aceptó su negativa. Insistía en llevarla a dar una vuelta aprovechando el buen clima que hacía: era una tontería perdérselo por estar limpiando de migas de pan los hogares de un par de ortodoxas que ni siquiera le recompensaban el esfuerzo extra que realizaba. Ninguna de sus anteriores empleadas había limpiado como ella, que era tan diligente que parecía que era una de las observantes de la fiesta para la que estaban preparándose. Otras chicas no entendían que se trataba de una labor sagrada. Algunas hasta traían bollos de las panaderías de sus barrios para esconderlos en sitios impensables nada más para fastidiar porque sabían que —aparte de rabiar y tal vez llorar un poco cuando lo descubrieran— nada iba a sucederles a los judíos por tener un poco de harina en sus casas para la pascua, aunque les gustaría que Dios se enfureciera y bajara al barrio de sus patronas a ajustar cuentas con ellas por no cumplir con la ley, ellas alegarán que no había sido culpa suya puesto que fueron otras quienes efectuaron el trabajo que les correspondía, confesaran que nos pagan para eso, consiguieran que Dios nos reclamara a nosotras y pudiéramos aprovechar que lo tenemos al frente para

money home. So no one insists until the next time. It's a great way of getting out of invitations. It works like a charm with everybody, except with the wolf of stone, who went looking for her at the Jewish neighborhood and didn't take no for an answer. He insisted on taking her out for a ride to enjoy the nice weather—it was silly to pass it up to clean the breadcrumbs in the homes of a couple of Orthodox ladies who don't even reward her for the extra effort she puts in. None of their previous maids had cleaned the way she did, who was so diligent that she looked like she were one of the guests celebrating the religious holiday. Other girls didn't understand that it was a sacred duty. Some of them even brought bread rolls from their neighborhood bakeries so they can hide them in unthinkable places just to annoy them because they knew that—besides getting furious and maybe cry a little when they'd find out—nothing was going to happen to the Jews for having a little flour in their home during Passover, although they'd love for God to come down to their bosses's neighborhoods in all his wrath to settle the score with them for not following the law, they'd argue that it wasn't their own fault since it was the other women who carried out the job they had to do, they'd confess that they pay us for it, they'd get God to take it up with us and we could take advantage of having him face-to-face

quejarnos del trato que recibimos de las judías. Lo pondríamos al tanto del exceso de trabajo que nos asignan y de lo poco que nos pagan, le contaríamos que nos alimentan con sobras y nos miran con desprecio, y le pediríamos que hiciera justicia. Entonces él se volvería a ellas indignado, las obligaría a pedirnos disculpas y las haría pagar por todo. Pero, claro, eso es solo una fantasía: Dios no vendrá a armar escándalos por unos cuántos pedazos de pan. Seguro tiene cosas más importantes que hacer que estar defendiendo a chicas y señoras de la limpieza. La señora Engelhart no cree siquiera que se ocupe de quienes no somos judíos. Dice que se debe ser parte del pueblo que él escogió para recibir sus favores y que los integrantes de ese pueblo lo son por decisión suya. No puedo yo pretender pertenecer a él. No me servirá estudiar la Biblia, de la cual no va ella a darme lecciones: los judíos no están buscando adeptos. No los necesitan. Ya son los que tienen que ser. Ella no podría hacer algo por mí, a menos, por supuesto, que tenga yo una antepasada judía, que no es el caso. Por fortuna: si la tuvieras, la comunidad te integraría y tú tendrías que vestir como sus mujeres, dar los pasos como ellas, usar peluca para salir cuando te casaras y ponerte batas floreadas y turbantes cuando estuvieras en casa. Sería espantoso. Ya ni siquiera podrías ir a ver a tu tía en Sunset Park. Los ortodoxos no visitamos ese barrio:

so we could complain about the the way the Jewish ladies treat us. We'd put him up to speed on the excessive work they pile on us and of the little they pay us, we'd tell him that they feed us leftovers and look at us with contempt, and we'd ask him to do justice. He'd then turn to them speechless, he'd force them to apologize to us and have them pay for everything. But, of course, that's only a fantasy—God won't come to stir up scandals for a few pieces of bread. I bet he has more important things to do than standing up for girls and cleaning ladies. Mrs. Engelhart doesn't even think that he cares for those of us who aren't Jewish. She says that it's all about belonging to the people that he chose to be in his good graces and that the members who belong to that people is because he decided that way. I can't pretend to be part of them. It won't help me to study the Bible, since she won't be giving me lessons from it—the Jews aren't looking for followers. They don't need them. The ones who need to be already are. She wouldn't be able to do something for me, unless of course, I had a Jewish female ancestor, which is not the case. Good thing you don't—if you had, the community would integrate you and you'd have to dress like their women, take steps like them, wear a wig to go out when you'd get married and wear floral skirts and turbans when you're at home. It'd be awful. You wouldn't be able to go see your aunt in Sunset Park. We Orthodox Jews don't visit those neighborhoods—the

los hombres son desordenados y las mujeres visten sin modestia. Pero no pueden evitar emplearnos porque somos los que cobramos más barato. Antes eran los rusos. Por cincuenta dólares se podía tener a dos de sus mujeres limpiando todo el día y sin quejarse. Ahora eso es impensable. Ni siquiera trabajan en este barrio. A nadie le gusta. Tampoco a ella, pero no tenía opción porque no contaba con cartas de referencia y, mientras no las obtuviera, no le quedaba más que trabajar para las ortodoxas, que eran las únicas que aceptaban limpiadoras inexpertas o sin recomendaciones. Eso le había dicho la de la agencia de empleos. No creía que la estuviera engañando. El lobo insistía en que sí. Siempre lo hacen. Dicen eso para convencer a las nuevas de aceptar los empleos que nadie quiere. Acá sobran los trabajos. Si dejas uno ahora, conseguirás otro mejor mañana. Vente a dar una vuelta conmigo, me dijo. Y cuando iba a decirle que no, que mejor otro día, habían dejado ya Borough Park y entrado a comer a un restaurante chino porque era casi la hora del almuerzo.

A eso de la medianoche cruzaron el puente hacia la ciudad y, cuando terminaron de reír, habían pasado ya tres días desde que se habían encontrado. Entonces el lobo dijo que debía regresar a Nuevo México. Si quería,

men are messy and the women don't dress modestly. But they can't avoid hiring us because we're the ones that charge the cheapest. It used to be the Russians. For fifty dollars you could have two of their women cleaning all day and without complaining. That's unheard of now. They don't even work in this neighborhood. Nobody likes it. She doesn't either, but she didn't have a choice because she didn't have any letters of reference, and as long as she didn't have them, she had no choice but to work for the Orthodox women, who were the only ones that accepted cleaning ladies with no experience or without references. That's what the woman from the employment agency told her. She didn't think she was tricking her. The wolf was sure about it, though. They always do it. They say that to convince the new ones to take the jobs that nobody wants. There's plenty of jobs here. If you quit one now, you'll find a better one tomorrow. Go for a ride with me, he told me. And when was I going to tell him no, that maybe another day, they'd already left Borough Park and had gone to eat at a Chinese restaurant because it was almost lunchtime.

Around midnight they crossed the bridge into the city and, when they finished laughing, three days had already passed by since they found each other. Then the wolf said he'd better return to New Mexico. She could

podía irse con él. El silencio del desierto le gustaría. Por las noches hasta se puede escuchar cómo la tierra reseca se resquebraja. Es un buen sitio. Estaré bien. Él se encargará de cuidarme allá. Te llamaré cuando llegue. Ahora debo irme. Solo vine a traer dinero para pagar el autobús a Carolina del Norte. Quedaron en que se encontrarían en la estación de Charlotte, así que ella aguardó hasta que no hubo más pasajeros en la sala y uno de los agentes de seguridad se acercó para preguntarle con quién estaba esperando reunirse. Si se trataba de alguna amistad o de un pariente, no había problema, pero si se trataba de un animal, era mejor que tuviera cuidado. No son de fiar. Es mejor que se busque un lugar donde pasar esa noche y se regrese al día siguiente al lugar de donde venía. Si no tiene dónde, puede ir a su casa. Él mismo la llevará a la estación por la mañana y se asegurará de que aborde el autobús de regreso a Nueva York. Es amigo del chico de la boletería y puede pedirle que arregle su pasaje. No habrá inconveniente. Ninguno. Puede abordar de inmediato, pero no puedo asegurarle un asiento al lado de la ventana. Hay muy pocos disponibles. No importa. Puedes sentarte acá si quieres. Es mejor que ir al lado de un negro. Además, podemos hablar en español durante el camino. Son doce horas de trayecto. El peruano llevaba aún más porque venía de visitar a una tía suya en Chatanooga. Le ofrecía trabajar en un negocio que tiene

go with him, if she wanted. She'd like the silence of the desert. At night you could even hear the parched earth cracking. It's a good place. I'll be fine. He'll take care of me there. I'll call you when I get there. I should leave now. I just came to get money to pay for the bus to North Carolina. They agreed they'd meet in the station at Charlotte, so she waited until there were no more passengers left in the station and one of the security guards came up to her and asked who she was waiting to meet. If it was some friend or a relative, there's no problem, but if it's got to do with an animal, I better be careful. You can't trust them. It's better if you find a place to spend the night and go back the next day where you came from. If you have nowhere to go, you can go to his place. He'll take her to the station himself in the morning and will make sure that she boards the bus back to New York. He's friends with the kid from the ticket office and he can ask him to change your bus ticket. There won't be a problem. Not at all. She can board immediately, but I can't guarantee you a seat next to the window. There's only a few available. It doesn't matter. You can sit here if you like. It's better than sitting next to a black guy. Besides, we can speak in Spanish during the trip. It's a 12-hour ride. The Peruvian guy's been traveling longer because he's coming from visiting an aunt in Chatanooga. She offered him a job at a shop she has

*allá, pero él prefiere seguir viviendo en Queens. Lo
habría aceptado si se lo hubiera ofrecido años antes,
cuando el recién llegó y se sentía solo y desubicado,
pero que ahora ya no tiene sentido porque conoce
muy bien la zona y tiene muchos amigos ahí. Uno de
ellos ha dicho que sí, que puede darle un empleo a
Lourdes en la oficina de envíos que tiene. Debe presentarse mañana a eso de la nueve para la entrevista.
No debe preocuparse más porque la señora Engelhart
haya conseguido para encargarse de la limpieza de
sus apartamentos a una polaca más alta y más fuerte
que le cobra menos y no pone reparos en lavar las al-
fombras y los pisos de rodillas, como a ella le gusta.
Va a ganar más ahí y se lo va a pasar mejor. Nadie va
a molestarla. Estará solo con latinos. Seguro conseguirá novio en un santiamén: a estos sitios vienen
muchos hombres solos. Y son de los buenos, de los que
ganan bien y mandan dinero a sus países. Debe aprovechar si alguno la invita porque los hombres respon-
sables no abundan en la ciudad. No importa que tengan esposa en su país. No afecta: están lejos, que es
igual que si no las tuvieran, salvo por las llamadas de
larga distancia y la cantidad que les mandan cada
mes, que puede disminuir si comienza a salir con ella o
consigue que se mude con él. Entonces desembolsará
para darte todos los gustos y le dirá a la mujer de su
país que el trabajo está malo o que la vida en la ciudad*

over there, but he prefers to continue living in Queens. He would've taken it if they'd offered it years ago, when he just got here and was feeling lonely and out of place, but it doesn't make sense anymore because he knows the area well and he has a lot of friends there. One of them has said yes, that he can give Lourdes a job in the shipping office that he runs. She should show up tomorrow morning around nine for the interview. She shouldn't worry anymore about Mrs. Engelhart having hired a Polish woman to clean her apartments, someone taller and stronger who charges less and doesn't make up excuses to washing the carpets and the floors on her knees, the way she likes it. You'll make more money there and you'll have a better time. No one's going to bother you. You'll only be around Latinos. I bet you'll find a boyfriend in no time—many single guys go to those places. And they're the good ones, who make good money and send money back to their countries. You shouldn't pass it up if one of them invites you to go out because responsible men are hard to find in the city. It doesn't matter that they have a wife back home. It doesn't matter— they're far away, it's as if they didn't have them, except for the long-distance calls and the amount they send them every month, which can diminish if he starts going out with her or if he gets her to move in with him. Then he'll fork out to give you everything you want and will tell his wife back home that work is bad or that the cost of living

se ha encarecido. Ella comprenderá y se las arreglará con lo que le envíe. Así sucede siempre. Ellas saben que se han encontrado otra mujer, pero jamás reclaman porque saben que no tiene sentido: no pueden venir a solucionar el asunto. Si él se enoja, es peor porque deja de mandarles plata y te la da toda a ti, así que mejor le siguen el juego hasta que los hijos crecen y ya no necesitan que les mande dinero o hasta que lo tuyo con él se termina. Porque a veces se termina. Pero, para entonces, una ya ha tenido tiempo suficiente para haber sacado una buena tajada. Por eso es importante escoger bien. Nunca hay que meterse en algo serio con los que ganan poco. Con ellos puede una divertirse un rato, pero no más. Intentar algo importante con ellos es como condenarse a no pasar de ahí: esos nunca progresan. Lo mejor es ni siquiera sonreírles. Hacerlo es casi tan descabellado como aceptar las propuestas del hombre sin cuerpo ese que se llama Señor Orestes y que visita Brooklyn para pedirles favores a los hombres. Ella debe enfocarse en mejorar su situación, actuar con inteligencia, no creer en el cuento ese de que es una favorecida solo porque ese Señor Orestes vino a buscarla hasta Queens y le pidió que dejara este trabajo, regresara a Sunset Park, buscara una tortería que se llama La Flor y le dijera al dueño que él la enviaba para que la cuidara de la ciudad y de los animales que se llevan a las chicas lejos hasta que él regresara. Es

in the city has gotten more expensive. She'll understand and will make do with what he sends her. It always happens that way. They know they've met another woman, but they'll never complain because they know there's no point—they can't come fix the problem. If he gets mad, it's worse because he'll stop sending them cash and will give it all to you, so it's better they play along with him until the children grow up and no longer need him to send them money or until your thing with him dies out. Because sometimes it dies out. But, by then, you'll have had enough time to get your fair share. That's why it's important to choose well. You should never get involved in something serious with those who earn little. You can have some fun with them for awhile, but that's all. Starting something serious with them is a one-way ticket to nowhere—they never get ahead. You better not even smile at them. It's as ridiculous as agreeing to the offers of the man without a body, the one that goes by the name of Mister Orestes and visits Brooklyn to ask men for favors. She better focus on improving her situation instead, acting smart, don't buy that story of being the chosen one just because Mister Orestes came all the way to Queens to see her and asked her to quit this job and come back to Sunset Park and look for that tortería called La Flor and tell the owner that he's sending her so he can protect her from the city and from the animals who take girls far away until he comes back. What nonsense!

una tontería. Pero ella cree que es importante y se ha ido a la tortería esa y ha hablado con el dueño. El dueño le ha dicho que en verdad era una favorecida porque el Señor Orestes jamás se pasea por Queens ni habla con mujeres. Que acabara de hacer una excepción con ella solo podía significar que iba a permitirle darlo a luz. Debía estar feliz y comenzar a prepararse el cuerpo para recibirlo, olvidarse de ese trabajo en Queens y mudarse de inmediato al sótano de La Flor. No tendría que preocuparse por comida ni por abrigo: él podía ayudarla con eso y además protegerla de los animales que se llevan de ahí a las chicas hasta que el Señor Orestes volviera. Pero no debía comentárselo siquiera a su tía. Debía ser discreta porque podrían encontrarla los animales esos que rondan las calles para llevarse a las muchachas de regreso a las ciudades de donde vinieron. Porque para eso era que seducían a las chicas como ella. Es su forma de divertirse. Se ríen muchísimo cuando lo logran. Ella debió haberlo oído ya, pero, como sus risas tienen sonido de viento, de seguro las confundió con él, ¿no era cierto? Sí. Ahora lo sabía y podría escapar en cuanto advirtiera sus silbidos o el olor a miel de sus presencias, pero el dueño de la tortería insistía en que era mejor que no saliera hasta que el Señor Orestes regresara por ella. No quería poner en riesgo su nacimiento. Lourdes tampoco. Pero, cuando habían transcurrido ya catorce meses sin

But she thinks it's something important and has gone to that tortería and has talked with the owner. The owner's told her she's really quite the chosen one because Mister Orestes never wanders around Queens or talks to women. That he had made an exception for her could only mean he was gonna let her give birth to him. She should be happy and start to prepare her body to receive him, to forget that job in Queens and move right away to that basement in La Flor. She wouldn't have to worry about food or clothing—he could help her with that and also protect her from the animals who take the girls away from there until Mister Orestes returned. But she mustn't even tell her aunt about it. She must be discreet because the animals could find her those that prowl the streets to take girls back to the cities where they came from. Because that's why they seduced girls like her. That's how they have fun. They laugh a lot when they've accomplished it. She must've heard him already, but since their laughter sounds like the wind, she surely mistook them for him, wasn't it true? Yes. Now she knew it and she could escape as soon as she sensed their whistling or the scent of honey that their presence exudes, but the owner of the tortería insisted that it was better she didn't go out until Mister Orestes came back for her. He didn't want to put the birth in jeopardy. Lourdes didn't either. But, when fourteen months had already

que el Señor Orestes se apareciera, convenció al dueño de La Flor para que le permitiera salir a la sala de ventas de la tortería al menos unas horas diarias para tomar algo de sol. Le prometió que no saldría de ahí, pero, a eso de las diez, se fue tras una mariposa de luz que se posó sobre el mostrador y le pidió por favor que la acompañara. No pensó que se tratara de alguna artimaña pese a que, al llegar a DeKalb, sintió el olor de miel en el viento del que había sido advertida. Siguió caminando hasta que una señora vestida de verde la detuvo por el brazo y le dijo que dejara de hacer tonterías. Entonces tomó el tren hacia la estación de la 32, donde el dueño de La Flor la esperaba: el Señor Orestes había regresado a Sunset Park y estaba preguntando por ella. Él le había dicho que debían buscarse otra mujer que lo ayudara porque los animales la habían llamado de nuevo y, tal como él le había dicho que sucedería, no había podido resistirse a su encanto. Era una boba. Además, era muy joven y demasiado estrecha de caderas. La mayor de sus cocineras, en cambio, es perfecta. Pero el Señor Orestes no quiere a Gloria, sino a la que se les escapa de las manos a las bestias. Está por llegar a la 32. Vaya a encontrarla. Dígale que estoy preguntando por ella. Quiero saber cómo ha estado. La veo más pálida que la última vez y bastante más delgada. ¿No le ofrece de comer este hombre? Cinco veces al día, pero ella casi no prueba

passed by without Mister Orestes showing up, she convinced the owner of La Flor to let her come out for a few hours up to the store to get some fresh air. She promised she wouldn't come out of there, but around ten o'clock she went after a light moth resting on the counter and asked her to please accompany her. She didn't think it was some kind of trick, although when she got to DeKalb, she felt the scent of honey in the wind that she had been warned against. She continued walking until a lady dressed in green took her by the arm and told her to stop acting silly. She then took the train to the 32nd stop, where the owner of La Flor was waiting for her—Mister Orestes had returned to Sunset Park and was asking for her. He had told him that he'd better find another woman to help him because the animals had called for her again, and just like he had told her they would, no, she hadn't been able to resist their charms. She was a fool. Besides, she was very young and her hips were too narrow. The oldest of his cooks, actually, was perfect. But Mister Orestes doesn't want Gloria, but the one who slips away from the grasps of the beasts. She's about to reach the 32nd stop. Go find her. Tell her I'm asking for her. I want to know how she's doing. She looks much more pale than last time, and much, much thinner. Doesn't this man give her anything to eat? Five times a day, but she barely eats a

bocado. De vez en cuando acepta una taza de té y arroz del que los chinos regalan con el pollo, pero por lo general solo toma las frutas y el agua que le sirvo. Aún no tiene suficientes fuerzas. Pasa durmiendo la mayor parte del tiempo. Él no la regaña porque sabe que seguir a los animales deja agotado a cualquiera, pero le insiste en que se alimente mejor para acelerar la recuperación. No le parece apropiado hacer esperar demasiado al Señor Orestes. Él, que está listo ya, le ha dicho que puede esperar hasta que ella esté recuperada. No tiene prisa. El dueño de La Flor es quien no puede esperar más por verlo de nuevo en carne y sangre. Incluso ha llegado a ofrecerle que use a su mujer para que lo ayude con eso, cosa que él no ha aceptado. En todo caso, se lo pediría a la argentina de cabello marchito que vive ahora en la casa del hombre que vende libros en la acera de la 53 y quinta. Una vez lo ayudó, pero jamás volverá a hacerlo. Ella tampoco debería, por eso pensé en traérmela a vivir conmigo. Su prima se opone. Comprende mi preocupación, pero no quiere que Lourdes venga en contra de su voluntad. Cree que ella tiene el derecho de tomar sus propias decisiones y que yo debo respetarlas y dejar de tratarla como si aún fuera una niña. A su edad, las mujeres saben lo que hacen y lo que les conviene. Pero no es su caso. Si lo fuera, no habría aceptado embarazarse de ese Señor Orestes: el librero de la 53 y quinta dice que

thing. Once in a while, she accepts a cup of tea and some rice that the Chinese give away with the chicken, but for the most part she only eats some fruit and the water I give her. She's still not strong enough. She sleeps most of the time. He doesn't scold her since he knows that following animals can wear anyone out, but he insists she feed herself better in order to speed up her recuperation. He doesn't think it's right to make Mister Orestes wait too much. He, who's ready now, has told her that he can wait until she's completely better. He's not in a hurry. The owner of La Flor is the one who can't wait any longer to see him in flesh and blood. He's even offered his wife so she can help him with this, something that he hasn't accepted. In any case, he'd ask the Argentine woman with withered hair that now lives in the house of the man who sells books on the sidewalk of 53rd and 5th. He helped him one time, but he'd never do it again. She shouldn't either, so that's why I thought of bringing her to come live with me. Her cousin's against it. She understands my worry. But she doesn't want Lourdes to go against her will. She thinks she has the right to make her own decisions and that I should respect them and stop treating her like she was still a little girl. At her age, women know what they do and what's good for them. But that's not her case. If it were, she wouldn't have agreed to getting pregnant by that Mister Orestes—the bookseller from

se adueña de las mujeres que aceptan traerlo al mundo. Les asegura que les mostrará el camino de regreso a casa tras parirlo, pero es una mentira. Debe ocultarse de él. Si quiere, puede hacerlo en su casa. Es un sitio agradable, pero le desespera estar ahí día y noche sin hacer más que ver a las paredes. Intentará vivir en Manhattan. Su tía le ha dicho de una buena oportunidad en el mismo edificio en Chelsea donde ella está trabajando. Está segura de que su recomendación ayudará a que la empleen aunque no tenga experiencia en cuidar ancianos. A final de cuentas, no es tan difícil. Se trata tan solo de acompañarlo todo el tiempo y llevarlo a un baño a orinar cada cierto tiempo porque el pobre es de los que olvidan eso, entre muchas otras cosas. Con decirte que hay días que ni siquiera recuerda que está casado con su esposa. Se le queda viendo enojado y le pregunta que quién es ella y que por qué ha entrado a su apartamento, y le grita que se vaya o llamará a la policía. Se enfurece, la insulta y hasta trata de golpearla. Entonces ella se echa a llorar y dice que él no era así. Era muy dulce con ella y todo un caballero con los demás como lo es conmigo, que elogia mi sonrisa, me ayuda siempre a quitarme y a ponerme el abrigo y me da las gracias siempre que le cambio los pantalones y limpio el piso cuando no consigo convencerlo a tiempo para que vaya al baño. Y, como también obedece a mis indicaciones, la señora Behar accede a

53rd and 5th says that he takes control of the women who agree to bring him into the world. He assures them that he'll show them the way back home after giving birth to him, but it's a lie. She should hide from him. If she wants, she can do so in his house. It's a nice place, but she gets restless being there day and night with nothing to do but staring at the walls. She'll try to live in Manhattan. Her aunt's told her of a good opportunity in the same building in Chelsea where she's working now. She's sure her recommendation will help her get hired, even though she doesn't have experience in taking care of the elderly. After all, it's not that hard. All you have to do is keep him company and take him to the bathroom to pee every now and then because he forgets to go, among other things, the poor guy. Some days, I'm not kidding, he even forgets he's married to his wife. He stares at her angrily and asks her who she is and why she's gone inside his apartment, and yells at her to get out or he'll call the police. He gets furious, insults her, and even tries to hit her. Then she starts to cry and says that he didn't use to be that way. He used to be sweet with her and a complete gentleman with everyone else the way he's with me, he compliments my smile, he's always helping me to take off and put on my coat and thanks me every time I change his pants and clean the room when I'm not able to get him to the bathroom on time. And, since he always listens to me, Mrs. Behar agrees to let me take

que lo lleve al jardín del edificio sin la andadera y sin su supervisión siempre y cuando no salgamos de ahí. No le gusta que atravesemos las calles. Sólo podemos hacerlo cuando nos lleva a almorzar al Moonstruck. De las otras comidas se encarga ella misma. Jamás me permite ayudarla. Dice que hago suficiente con cuidarle a Albert, pero yo sé que en realidad se debe a que no confía en que yo respete las normas de la cocina judía. Seguro se imagina que, cuando da la vuelta, utilizo el cuchillo de la carne para cortar el queso o que lavo los platos en el fregadero que me da la gana. Por eso es que tampoco me envía al supermercado: cree que no entiendo que solo debo ingresar a la casa comida aprobada por los rabinos.

No me prohíbe que coma según mis normas cuando no estoy en su hogar o en compañía de ellos, pero me pide que no lo comente frente al señor Behar para que no se le ocurra querer comer como gentil. Como los últimos días ha querido que le sirvan lo mismo que yo haya comido, debo afirmar que cené lo mismo que él comió la noche anterior o lo que comerá dentro de unas horas para que no ponga objeción cuando su esposa le sirva.

Ella se encarga de que él cumpla con la ley de Moisés aunque ya no entienda de qué se trata y haya dejado de importarle. Yo querría ayudar, pero tampoco me lo permite. Siempre me envía a casa los viernes a

him to the garden of the building without his walker and without her supervision as long as we don't go out. She doesn't like us crossing the streets. We can only do it when she takes us to have lunch at the Moonstruck Diner. She takes care of all the other meals. She never lets me help her. She says that I already do enough taking care of Albert, but I know that it's really because she doesn't think I can respect the rules of a Jewish kitchen. I bet she thinks that as soon as her back is turned, I use the knife for the meat to cut the cheese or that I wash whichever dishes I want on the sink. That's why she also doesn't let me do the groceries—she thinks that I don't understand that I should only bring into the house food that's been approved by the rabbis.

She doesn't forbid me from eating the way I want when I'm not in her home or when I'm around them, but she asks that I don't bring it up in front of Mr. Behar so he doesn't get the idea of wanting to eat like a gentile. Because for the past few days he's been wanting to eat the same thing I've eaten. I have to swear that I ate the same thing he had for dinner the night before or what he will eat in a few hours so he doesn't complain when his wife serves him his meal.

She makes sure that he heeds the law of Moses even though he no longer understands what it's about and doesn't care anymore. I wanted to help, but she doesn't let me either. She always sends me home at noon on Fridays

mediodía cuando uno de sus yernos llega a traerlos para que celebren Sabath con ellos en Queens porque dice que merezco tener tiempo libre. Yo sé que lo hace para que no celebre con ellos esa fiesta, lo cual es una suerte según mi tía porque los judíos lo hacen siempre que una trabaje de más. Hay que encenderles la luz, apagarles la luz, atender la cocina, servirles de comer, retirarles los platos, regularles la temperatura, abrirles la puerta, llamarles el elevador para que bajen a caminar, esperarlos en el lobby para llevarlos de nuevo a su piso y estar pendiente de contestar el teléfono si algún insensato llama. Y, en todo ese tiempo, no puede una ni ver televisión mientras ellos hacen la siesta ni escuchar música o hablar por teléfono porque se enojan si encedés algún aparato eléctrico y te dicen que debés respetar ese día, que se supone que es descanso, pero solo para ellos. Vos has tenido suerte de que te hayan dado libres los viernes y sábados. Las tiendas tienen mejor horario y, a veces, hasta mejores precios. Si querés, esperás a que yo salga para que vayamos a las de la calle catorce. Me dijo la que trabaja en el 7C que venden mucho más barato que en nuestro barrio y que las cosas son mejores. Yo todavía no he ido porque ella dice que son gringas las que atienden y me da pena no poder contestar si me preguntan que qué quiero. Pero, si vos vas conmigo, ya no habría problema. Yo podría

when one of her son-in-laws comes to pick them up so they can celebrate the Sabbath together in Queens saying that I deserve to have some time off. I know she does it so I don't celebrate that feast day with them, which according to my aunt, is a lucky thing because the Jews always make you work overtime for it. You have to turn on their light, turn off their light, oversee the kitchen, serve them their food, put their plates away, regulate the temperature, open the door for them, call the elevator for them so they can go down for a walk, wait for them in the lobby so you can take them back up to their floor and make sure to answer the phone in case someone is foolish enough to call. And, during all that time, you can't even watch TV while they rest or listen to music or speak on the phone because they get mad if you turn on an electric appliance and they tell you that you should observe that day, which is supposed to be about rest, but just for them. You've been lucky that they gave you Fridays and Saturdays off. The stores have better hours and sometimes, even better prices. If you want, wait until I get off so we can go to the ones on 14th Street. The one who works in 7C told me that they sell much cheaper than in our neighborhood and that the stuff is better. I still haven't gone there because she says that the ones who work there are gringas and I'm embarrassed of not being able to answer them if they ask me what I'm looking for. But, if you come with me,

conseguir que les lavaras la ropa a algunos de los inquilinos mientras me esperás, así no perdés tu tiempo y ganás algo de dinero extra. ¿Qué te parece? Es una buena idea. Hay tres muchachos que me han encargado ya sus prendas y que están contentos con la manera en que trabajo. Uno de ellos hasta me ha preguntado si tengo tiempo de encargarme también de la limpieza de su apartamento y he quedado de llegar con mi tía a partir de la otra semana para terminar más rápido y que él no tenga que encontrarnos ahí cuando regresa del trabajo. Nos repartimos el dinero que nos deja en la mesa del pasillo y luego nos vamos de compras, pero estos tres viernes tendré que ir sola porque ella tiene capacitación en su oficina y va a irse a casa en cuanto salga de ella, lo cual para mí está bien porque no tenía muchas ganas de caminar por la catorce ni por ninguna otra calle. Prefiero no andar fuera cuando los vientos comienzan a soplar como ahora porque siento que puede aparecérseme uno de los animales esos que me sacan de donde estoy y llevarme ahora que está yéndome tan bien con los trabajos que tengo. Apenas sí abro los ojos cuando voy camino a la estación y los mantengo cerrados todo el tiempo en el tren. Ya en el barrio, solo los abro para cruzar las calles y hasta que ya estoy en la habitación que el librero de la 53 y quinta me consiguió en el apartamento de un amigo suyo que trabaja en una fábrica de congelados. Él se

there won't be a problem. I could maybe have you wash the clothes of some of the tenants while you wait for me, that way you don't waste your time and you can earn some extra money. What do you think? It's a good idea. There's three guys who've already had me take care of their clothes and are happy with the way I work. One of them even asked me if I have time to take care of cleaning his apartment and we agreed on coming in with my aunt starting next week so I can finish faster and he won't have to run into us when he comes back from work. We split the money that he leaves for us on the table in the hall and then we go shopping, but I'll have to go by myself these next three Fridays because she has training in her office and she's gonna go home as soon as she gets out, which is fine with me because I didn't feel like walking down 14th street or any other street. I prefer not to go outside when the winds begin to blow like right now because I feel that one of those animals can appear in front of me those that pull me away from where I'm at and take me now that things are going well with the jobs I've got. I keep my eyes barely open when I go to the subway station and I keep them closed all the time I'm on the train. When I get to my neighborhood, I only open them to cross the streets and until I'm in the bedroom that the bookseller from 53rd and 5th found for me in the apartment of his friend that works in a factory of frozen foods. He makes sure that

encarga de que no me falte nada cuando estoy ahí y de darme los mensajes que el dueño de La Flor me deja cuando estoy en el apartamento de los Behar. Por lo general, es siempre que considere regresar a vivir con él, que me dará trabajo en la tortería y que me pagará mejor que los Behar, pero hoy ha dejado dicho que pase a la tienda de trajes de los egipcios y pregunte por Hassan. Quiere saber si puedo darle un hijo a un amigo suyo. El dueño de La Flor le ha dicho que soy buena para eso, pero que no sabe si estaría dispuesta, aunque no ve razón para que me niegue puesto que está ofreciéndome casa, comida y suficiente dinero.

El librero de la 53 y quinta dice que estaban probándome y que hice mal en haber rechazado la propuesta: ahora el Señor Orestes pensará que le soy leal y no querrá renunciar a mí aunque yo le explique que no lo hice por él, sino porque estoy bien haciendo lo que hago. No debe extrañarme encontrarlo en mi camino y un día de estos y escucharlo decirme que es hora de proceder con sus nacimientos. ¿O acaso no te había explicado que él es de los que vienen al mundo varias veces? No. Y lo más probable es que no pueda negarme a ayudarlo porque ya le di mi palabra. Él no ha sabido de alguien que haya conseguido retractarse. Dice que la única opción que tengo para evitarlo es marcharme de acá, pero no con los animales. Insiste en que a ellos debo seguir ignorándolos. Quiere que haga caso

I have everything while I'm there and to give me the messages that the owner of La Flor leaves for me when I'm in the Behars's apartment. For the most part, it's always about reconsidering to go back to live with him, that he'll give me a job in the tortería and he'll pay me better than the the Behars, but today he left word for me to pass by the clothing store where the Egyptians sell suits, and ask for Hassan. He wants to know if I can give a child to one of his friends. The owner of La Flor has said that I'm good for that, but he doesn't know if I'm up for it, although he doesn't see why I'd say no since he's offering me lodging, food and enough money. The bookseller from 53rd and 5th says they're testing me and that I did wrong in rejecting his offer—Now Mister Orestes will think that I'm faithful to him and won't want to give me up even if I explain that I didn't do it for him, but because I'm fine doing what I'm doing. I shouldn't be surprised if I run into him one of these days and hear him say that it's time to proceed with his births. Or had I not explained to you that he's one of those who come into this world several times? No. And most likely I won't be able to say no to helping him because I already gave him my word. He hasn't heard of someone who's managed to back out. He says that the only way I could avoid it is to get out of here, but not with the animals. He insists that I should keep ignoring them. He wants me to disre-

omiso de lo que me dicen los gatos de sombras que a veces me rondan. También quiere que siga huyéndole al torogoz de agua que me intercepta en los caminos y rechazando al perrito de cristal que se arroja a lamerme cuando estoy sentada en el parque porque, aunque parezcan inofensivos, pueden resultar muy peligrosos por el asunto ese de que se llevan a las chicas lejos de la ciudad.

Yo no le veo lo peligroso a hablar con ellos solo un rato, pero el librero asegura que no debo arriesgarme a ser seducida, que lo ideal es que me mantenga en Manhattan por mi tía y por mi madre, que está más tranquila desde que sabe que estoy viviendo allá. Le agrada que esté con ancianos porque mi tía le ha dicho que nada me hace falta con ellos y que me ven como a un familiar, lo cual no es del todo cierto porque es solo Albert el que me considera como tal. La señora Behar es muy amable, pero no deja de tratarme como a una empleada que le ayuda a cuidar a su esposo y está dándole lecciones de español a ella para que consiga tranquilizarlo como yo lo hago cuando le dan los arranques de furia, que lo llamo Albertico y le pido que sea bueno hasta que se calma por completo y me pide que lo lleve a tomar una siesta pequeña.

La señora Behar cree que él piensa que soy la nana que tuvo cuando chico porque no opone resistencia alguna conmigo y me sonríe siempre. Con ella, en

gard what the cats in the shadows, sometimes circling around me, tell me. He also wants me to keep running away from the motmot water bird that blocks my path and keep ignoring the little crystalline dog that throws himself to lick me when I'm sitting in the park because, although they seem harmless, they can prove to be very dangerous due to that business of taking the girls far from the city.

I don't see what's so dangerou about speaking with them for a little while, but the librarian insists that I shouldn't risk getting seduced, that the ideal thing is for me to remain in Manhattan for my aunt and for my mother, who's now more at ease since knowing that I'm living there. She's pleased I'm working with the elderly because my aunt has told her that they give me everything I need and that they see me as a relative, which is not true at all since it's only Albert who treats me as one. Mrs. Behar is very polite, but she doesn't stop treating me like an employee who helps her to take care of her husband and is giving her Spanish lessons so she can try to calm him down the way I do when he gets into his furious outbursts, calling him Albertico and I ask him to be good until he calms down completely and asks me to go put him down for a short nap.

Mrs. Behar is convinced he thinks that I'm the nanny he used to have when he was small because he doesn't put up a fight at all with me and smiles at me all the

cambio, se enoja aunque sabe todos los detalles de su familia y le mencione las mismas diez palabras en español que yo le repito. No entiende por qué, pero se imagina que tiene que ver con la apariencia: ella es una austríaca que no le resulta para nada familiar. No puede culparlo por eso. Lo mejor es que acepte mi propuesta de hacerse pasar por una amiga nueva que viene a conocerlo porque así conseguimos que él se porte amable con ella y hasta le dé un beso en la mejilla. De lo contrario, tiene que abandonar el apartamento hasta que él se haya dormido o hasta que haya olvidado que no la quiere cerca. Yo sé que no es fácil, pero es mejor que vaya haciéndose a la idea porque lo de Albert no tiene marcha atrás. En poco tiempo tendrá que internarlo en un hogar para ancianos sefardíes. Su médico se lo ha dicho ya en repetidas ocasiones, pero ella sigue teniendo la esperanza de que podamos seguir tratándolo en casa: no quiere que se vaya ni porque las hijas le insisten en que es mejor para ella, por su presión sanguínea, y para él porque lo atenderán especialistas. Piensa que terminará muriéndose porque no resistirá que lo separen ni de las calles de Chelsea ni de los almuerzos en el Moonstruck, pero no puede ir en contra de una orden del hospital, así que, como agradecimiento por la ayuda que le he dado, va a darme mi salario de esa semana completo, una bonificación y una recomendación escrita para cuando vaya a bus-

time. With her, on the other hand, he gets angry even if she knows all the family details and tells him the same ten phrases in Spanish that I repeat to him. She doesn't know why, but she imagines it's got to do with her appearance—she's an Austrian lady who seems like a complete stranger to him. I can't blame him for that. It's best if she goes along with my idea that she's a new friend who's come to see him because that way we get him to behave friendly with her and even gives her a kiss on the cheek. Otherwise, she's got to leave the apartment until he's fallen asleep or until he's forgotten that he doesn't want her around. I know it's not easy, but it's better to get used to the idea because Albert isn't getting any better. Pretty soon she'll have to check him into a home for Sephardic seniors. His doctor has already told her several times, but she keeps hoping that we'll be able to keep taking care of him at home—she doesn't want him to go even if their daughters tell her it's better for her, because of her blood pressure, and for him, since he'll be treated by specialists. She thinks he'll end up dying because he won't bear the thought of being taken away from either his Chelsea streets or his lunches at Moonstruck, but she can't go against the hospital's orders, so as a way of thanking me for the help I've given her, she's going to give me that full week's salary, a bonus and a written letter of recommendation for when I go looking for a job.

car trabajo. Está segura de que no tendré dificultades en obtener uno similar. He preferido no decirle que no pienso trabajar más en esto. Me encargaré unas semanas más del asunto de la lavandería y la limpieza extra en ese edificio y luego voy a trabajar en un deli en Church Street. El dueño se entrevistó conmigo ahora y me dijo que puedo comenzar en quince días. Con lo de las propinas, el sueldo me sale mejor que con los Behar. Puedo pagar un apartamento compartido en el lado hispano del Harlem y me queda tiempo para trabajar unas horas en un restaurante que tiene en el barrio una cubana que me ha animado a aceptar salir con el policía irlandés que conocí ahí. Dice que es muy buena persona. Lo conoce bien porque vive en la zona desde hace mucho y viene al menos una vez a la semana a comer acá cuando termina su turno, por eso sabe que no está bromeando cuando me propone que mude con él: es un muchacho muy serio. La relación entre nosotros funciona de maravilla. Pero el librero de la 53 y quinta dice que no durará mucho si visito Sunset Park. Cree que no debo poner un pie acá, que no hay necesidad, que puedo encontrar lo que sea sin necesidad de cruzar el Hudson. Pero el Señor Orestes nunca se pasea por allá. Ella necesitaba verlo de nuevo porque Robert le había pedido que tuvieran un hijo y no sabía de nadie más que pudiera ayudarla a darle gusto ese mismo día. Por eso salió a buscarlo.

She's sure I won't have any trouble getting something similar. I've preferred not telling her I've decided to not do this anymore. I'll take care of the laundry for a few weeks more and the extra cleaning in that building and then I'll go work at a deli on Church Street. The owner gave me an interview just now and told me I can start in two weeks. With the tips, my wages are better than at the Behars's. I can pay for a shared apartment in Spanish Harlem and I'll have some time to work a few hours at a restaurant that a Cuban lady has in the neighborhood, who's encouraged me to go out with the Irish cop that I met there. She says he's a good person. She knows him well because he's lived in the area for a long time and stops by at least once a week to eat here when his shift ends, that's why she knows he's not kidding when he asks me to move in with him—he's a very responsible guy. This relationship we've got going is working wonderfully. But the bookseller from 53rd and 5th says it won't last long if I visit Sunset Park. He doesn't think I should set foot here, that it's not necessary, that I can find whatever I need without having to cross the Hudson. But Mister Orestes never comes around here and she needed to see him again because Robert had asked her to have a child together and didn't know of anyone else who could honor his wish that same day. That's why she went out to see

Lo encontró comiendo habichuelas y jugando dominó con un par de puertorriqueños en un restaurante dominicano cerca de la iglesia de San Mateo.

No necesitó explicarle a qué llegaba: el Señor Orestes se levantó de inmediato y se le sopló al oído. Entonces emprendió el camino de regreso a su apartamento y se encontró en la esquina con el librero de la 53 y quinta, que la había visto pasar y andaba buscándola para sacarla de ahí. Pero antes la llevó a la botánica de la cuarta avenida para que le dieran ajenjo. Tenía que beber una taza al día si quería librarse de la criatura que acababa de permitir en su cuerpo; de lo contrario, debería explicarle a Robert por qué el hijo que daría a luz no tendría un solo rasgo suyo.

Lourdes no cree que a él vaya a molestarle. Tanto desea tener un hijo que hasta lo bautizará con su nombre en la misma iglesia en que lo bautizaron a él, lo llevará todos los años al desfile del día de San Patricio, lo inscribirá en la misma escuela en que él estudió y le enseñará a jugar a los vaqueros, a hablar como descendiente de irlandeses y a amar a Ella Fitzgerald como él lo hace. Robert es muy bueno. Sin embargo, no creo que le guste la idea. Lo más probable es que te deje por eso. Si quieres seguir con él, es mejor que te deshagas de ese bebé ahora mismo. Bebe el ajenjo como te lo indicaron y, en menos de una

him. And she found him eating beans and playing dominoes with a pair of Puerto Ricans in a Dominican restaurant close to St. Matthew's Church.

She didn't need to explain to him why she was coming—Mister Orestes got up immediately and blew into her ear. She then set out on his way back to the apartment and at the corner ran into the bookseller from 53rd and 5th, who had seen her pass by and was looking for her to get her out of there. But first he took her to the botánica on 4th Ave so they could give her some wormwood. She had to drink a cup a day if she wanted to get rid of the child that she had allowed inside her body; otherwise, she'd have to explain to Robert why the child she was going to give birth to wouldn't look at all like him.

Lourdes doesn't think that'll bother him. He wants to have a child so badly that he'll even baptize him with his name in the same church in which they baptized him, he'll take him every year to the St. Patrick's Day Parade, he'll enroll him in the same school that he studied and he'll teach him to play Cowboys and Indians, to speak like descendants of the Irish and to love Ella Fitzgerald as much as he does. Robert is a very good man. However, I don't think that he'll like the idea. Most likely he's going to leave you because of that. If you want to stay with him, you better get rid of that baby right now. Drink the wormwood as they instructed you, and within

semana, habrás quedado libre de él. Obedece. Pero sigue embarazada. Y, como no entendía por qué, fue a preguntarle al Señor Orestes, quien no estaba molesto con ella por lo que había hecho. Sabía que lo del ajenjo no había sido idea suya y que lo bebió porque el librero de la 53 y quinta consiguió convencerla para que lo tomara: siempre hace lo mismo: cree que tiene derecho a interferir con lo que tiene que ser. Mas asegura que no es gracias a su intervención que él renuncia a sus madres: no es el olor desagradable que ese té hace transpirar lo que lo hace desistir de las mujeres que lo ingieren, sino él mismo: no le interesa nacer de las mujeres que acceden a beberlo. Conmigo hace una excepción porque sabe que cualquiera me engaña. La prueba es que he regresado a donde está él. Otra en mi lugar habría sido feliz trabajando en el Deli y viviendo con Robert. Yo me he aburrido de ambos y he regresado a esperarlo en La Flor hasta que apareció para hablar con el dueño. Y no tuve que explicarle lo que había sucedido: el Señor Orestes me sonrió de inmediato y me dijo que no debía preocuparme porque el ajenjo no era tan poderoso como el librero pensaba. Lo que sí era prudente era que le limpiaran el cuerpo para que estuviera en condiciones para recibirlo en él las otras veces que tenía planeado nacer de ella. Tenía, para ello, que regresar a vivir al sótano de La Flor. Y habría regresado esa

a week, you'll have gotten rid of him. Obey. But she's still pregnant. And, because she didn't understand why, she went to ask Mister Orestes, who wasn't disappointed by what she had done. He knew the wormwood hadn't been her idea and that she drank it because the bookseller from 53rd and 5th managed to convince her to drink it—he always does the same thing—he thinks he has a right to interfere with what has to be done. Still, he claims that it's not because of his meddling that he gives his mothers up—it's not the unpleasant smell from that tea that makes women transpire to stop drinking it, but he himself—he's not interested in being born from those women who agree to drink it. He makes an exception for me because he knows that anyone can fool me. The proof is that I've returned to where he is. Someone else in my shoes would've been happy working at the Deli and living with Robert. I've gotten bored of both of them and I've come back to wait for him at La Flor until he showed up to speak with the owner. And I didn't have to explain to him what had happened—Mister Orestes smiled instantly at me and told me I shouldn't worry because the wormwood wasn't as strong as the bookseller thought. The wise thing to do was to have them cleanse your body so it could be in the proper condition to receive inside him the other times he had planned to be born from her. In order for that to happen, she'd have to go back living in La Flor's basement. And she would've

misma noche de no ser porque la convencí de que esperara en casa de su tía hasta que yo llegara a Nueva York unas horas después. De ahí la saqué diciendo que quería caminar por el barrio con ella para conversar antes de que se encerrara para ese asunto del Señor Orestes. Pensaba traérmela a casa conmigo y guardarla acá hasta que él y la ciudad entera se olvidaran de ella, pero, cuando llegamos a la orilla del Hudson, entendí que no podría conseguir por mis medios sacarla de esas calles ni quitarle del alma la idea absurda de dar a luz un hijo que es su mismo padre. Entonces la entregué a los animales que libran a las mujeres de la noche perpetua de la ciudad y las llevan de regreso a casa.

returned that very same night if if weren't because I convinced her to wait in her aunt's house until I returned to New York a few hours later. From there I took her out telling her that I wanted to go for a walk in the neighborhood to chat with her before she locked herself up for that business with Mister Orestes. I thought of taking her home with me and keeping her here until him and the entire city forgot about her, but when we got to the edge of the Hudson, I realized that I couldn't get her out on my own from those streets or remove from her soul that absurd idea of giving birth to a son that is his own father, so I then delivered her to the animals that liberate women from the perpetual night of the city and take them back home.

OF ANIMALS AND SLOWNESS:
TRANSLATING CLAUDIA HERNÁNDEZ'S
LA HAN DESPEDIDO DE NUEVO
Aarón Lacayo

> *Let us look for a third tiger. This one*
> *will be a form in my dream like all the others,*
> *a system and arrangement of human language,*
> *and not the tiger of the vertebrae*
> *which, out of reach of all mythology,*
> *paces the earth. I know all this, but something*
> *drives me to this ancient and vague adventure,*
> *unreasonable, and still I keep on looking*
> *throughout the afternoon for the other tiger,*
> *the other tiger which is not in this poem.*
>
> Jorge Luis Borges,
> «The Other Tiger» [Trans. Alastair Reid]

In Borges's «The Other Tiger», elusive tigers wander through the poem. Can they ever be found? They are animals perhaps more of poetry than of flesh, more of music than of bone, more of dreams than of being awake. Not unlike Borges's poetic bestiary, several animals also meander through Claudia Hernández's

enigmatic novella, *They Have Fired Her Again* [*La han despedido de nuevo*]. These peculiar animals—a light moth, a motmot bird, the cats in the shadows, a little crystalline dog, a wolf of stone and those other captivating animals that steal away (or liberate?) girls into the perpetual night of the city—forge a spectacular menagerie around Lourdes, as she navigates through the cavernous corners of New York City. As a recent immigrant from El Salvador, she negotiates an unsteady present and perhaps an even more irresolute future. The animals are everywhere.

These animals have also followed me around as I've made my own way translating Hernández's novella. They signal a transformation from one language to another as they travel from Spanish to English. For example, the *mariposa de luz*, a «butterfly of light» resting on the counter of the *tortería* La Flor as she beckons Lourdes to accompany her, becomes a light moth in the English version. Some of these winged creatures also point to a shift in geography as if they've migrated to other colder northern lands, such as the *torogoz*, a Salvadorean word for a bird native to the tropical rainforests of Central America, that interrupts Lourdes's path in Sunset Park, Brooklyn. This turquoise-browed motmot is the national bird of both El Salvador and Nicaragua, where it's called a *guardabarranco*. It becomes the *pájaro reloj* («clock bird»)

in Mexico's Yucatán Peninsula and *momoto cejiceleste* or the *pájaro bobo* («foolish bird») in Costa Rica. El Salvador, like the rest of Central America, figures only ever so slightly in the form of delicate references such as these dispersed throughout the text. However, in Hernández's polyphonic tale, the tremors of violence (or of joy) we may feel coming from that place of the world reverberate through other immigrants, other voices, other stories. Nonetheless, I wonder (recalling Borges) if those mythical dogs of Central American folklore that travelers encounter on their journeys—the *cadejo*—also roam these pages? Have these canines, liaisons between life and death, somehow also made their way into the novella?

The cryptic animals of *They Have Fired Her Again* constitute another kind of bridge in the territory of translation. Furtive, evasive, lying in wait (for what?), they bespeak a quiet, unhurried slowness to the pace of the translation. I have sought to convey that certain *lentitud* in Hernandez's Spanish, composed very much in the present perfect, into English. Whereas the multitude of speakers in the novella creates a frenzied flow in which voices seem to blend seamlessly into each other, the present perfect curbs this effect. I'm inclined to think that the present perfect adds a pause to the rushed layer of words that could be said faster in a more abbreviated English. This verbal

tense gestures toward a nomadic slowness of things, perhaps even of perspectives and perceptions, as the characters go from one job to the next, from one side of the city to another. For Lourdes in particular, who traverses the boroughs of New York in a sort of somnambulant trance, as if she were both partially asleep and awake, the present prefect slows down her breath as well as her steps. In other instances I do recur to the use of contractions in English—«I'm calling to know,» «he hasn't had a problem,» «she began to think she'd grow old with them»—to convey the flow of colloquial dialogue between characters.

In Central American Spanish, the *pretérito* or simple past (for example, *yo fui*, «I went,») is more widely used in everyday speech than the *pretérito perfecto* or present perfect (*yo he ido*, «I have gone») but in the places where I have encountered it in Hernández's Spanish text—as peculiar as it may sound— I have maintained it as well in English to convey that distinctiveness. The title of the novella provides a suggestive example: *They Have Fired Her Again*. I could've translated *La han despedido de nuevo* as the shorter *They Fired Her Again* or the equally efficient *They've Fired Her Again*, but I wished to preserve the present perfect in English, ensuring that the title in English consists of five words as in Spanish. Considering Lourdes's dizzying strand of jobs,

the *han* in *La han despedido de nuevo*, like «have» in *They Have Fired Her Again* slows down—even if only for a moment—the feverish bolt from one job to the next, of getting fired again and again.

As in «The Other Tiger,» we may never stop searching for these animals. But this slowness may allow us, like Lourdes, to sense their whistling or the scent of their honey past the edges of the Hudson, beyond the perpetual nights of this story.

SANGRÍA

United States publications

Legibilities
1. *Art Cards / Fichas de arte*, Gordon Matta-Clark
2. *Never, Ever Ever, Coming Down,* Iván Monalisa Ojeda
3. *The Book of the Letter A*, Ángel Lozada
4. *They Have Fired Her Again*, Claudia Hernández

Radicalities
1. *Not in Our Name. Against the US Aid to the Massacre in Gaza /
Contra la ayuda de los Estados Unidos a la masacre de Gaza,*
various authors

Publicaciones en Chile

Narrativas contemporáneas
1. *El arca (bestiario y ficciones de
treintaiún narradores hispanoamericanos)*,
compilación de Cecilia Eudave y Salvador Luis
2. ~~*Los perplejos,* Cynthia Rimsky~~ [fuera de circulación]
3. *Segundos*, Mónica Ríos
4. *Caracteres blancos*, Carlos Labbé
5. *Carne y jacintos*, Antonio Gil
6. *La risa del payaso*, Luis Valenzuela Prado
7. *El hacedor de camas*, Alejandra Moffat
8. *Oceana*, Maori Pérez

Lightning Source UK Ltd.
Milton Keynes UK
UKHW011125160223
417122UK00008B/1006